妻への十悔《じっかい》

あなたという時間を失った僕の、最後のラブレター

城アラキ

ブックマン社

プロローグ

人生の地図

どんな物語も地図を持っている。

地図に従って本当に旅をする物語もあれば、それが心の中の旅という物語もある。誰かが誰かと出会い、心が動き、ひかれあい、共にどこかに向かって歩み出す。恋愛ドラマの多くはそんな地図に従う。地図には必ず始まりがある。では終点はどうだろう。きちんと終着点まで見定め、途中の紆余曲折まで書き込まれた地図もあるが、実際はまず一歩を進め、旅を始めてようやく、その先を示す地図の形もおぼろげに見えてくる。

僕は、漫画の中でそんな物語を30年以上書き続けてきた。『ソムリエ』とか『バーテンダー』などはテレビドラマやアニメの原作にもなったので、聞いたことがある方もいるかもしれない。他にもいろいろなペンネームで漫画原作を書いてきた。自分自身ですら書いたことを忘れている話もたくさんある。

人生そのものも旅に喩《たと》えられる。この旅の始まりは闇だ。目も見えず耳も聞こえぬ闇の中から人は手探りで這い上がり、立ち上がり、一歩ずつ歩み始める。力に満ち、驚きと感動の中で人は人と出会い、世界を獲得していく。やがて夢や希望など、旅の先にあったキラキラと輝く言葉が少し煤《すす》けていく。

体力気力も衰える頃、喪失の時期が始まる。人生100年時代などと、それがめでたいことのように言う。しかし、長く生きれば生きるほど、喪失の機会も多くなる。家族の死、友人の死。自分自身の死は、そんな悲しみを乗り越えなければやってこない。そのどれもが、あらかじめ用意した地図にはない予期せぬことばかりだ。喪失は常に唐突で地図にはその気配すらない。

僕で言えば、それは2010年1月26日。「余命3か月」と、妻自身の口から告げられた時、それまでは漠然と続くと思っていた人生の地図が、突然眼の前から消えてしまった。

地図のない月日を、もがきながら生きてきた。この間に、喪失の苦しみから回復できたかと聞かれれば、なかなか即答はできない。変わったこと、変わらなかったこと。できるようになったこと、いまだにできないこと。歳月が癒やしたこと、癒やせなかったこと。そのどれひとつとっても、かつて歩んできた人生の地図にはない、思いがけぬことばかりだった。

詩人の長田弘《おさだひろし》さんも、大学の同級生だった妻・瑞枝《みずえ》さんを2009年に亡くされる。翌年、『詩ふたつ』というとても美しい詩集を出版した。(ご自身もその6年後に亡くなられました)。『バーテンダー』という漫画の中で、僕が最も多く引用させていただいたのが、この長田弘さんのさまざまな詩の一節だった。自分自身が学生の頃から読み継いできた、愛着のある詩人だったのだ。

長田弘さんは、この『詩ふたつ』の後書きにこう書かれている。

「亡くなった人が後に遺してゆくのは、その人の生きられなかった時間であり、その死者の生きられなかった時間を、ここに在るじぶんがこうしていま生きているのだという、不思議にありありとした感覚」。

この「不思議にありありとした感覚」という言葉にはとても共感した。

そうなのだ。「その人」がいなくなったのに世界がまだ続いている。朝に太陽が昇り、また沈む。その繰り返しが、平然と何も変わらないかのように続いている。その中に自分だけはまだいる。「その人」はもういないのに、自分だけはまだ生きている。どこか信じられない感覚だった。

突然の喪失を経験すると、人は悲しみと苦しさの中で立ち尽くし動けなくなる。その先の地図など見つからず、真っ暗闇の中で歩み出せなくなる。生きなければ、歩き出さなければと思えば思うほど、心は頑《かたく》なに固まっていく。そんなふうになるのは自分だけと、誰しもつい考えるだろう。僕はそうだった。しかし、昔から敬愛し、愛読してきた詩人もまた同じ辛さを抱え、その後を生きようとしていた。そのことを知って、少しだけ勇気づけられた。こんな詩だ。

春の日、あなたに会いにゆく。
あなたは、なくなった人である。
どこにもいない人である。

どこにもいない人に会いにゆく。
きれいな水と、
きれいな花を、手に持って。

どこにもいない？
違うと、なくなった人は言う。
どこにもいないのではない。

どこにもゆかないのだ。
いつも、ここにいる。
歩くことは、しなくなった。

歩くことをやめて、
はじめて知ったことがある。
歩くことは、ここではないどこかへ、

遠いどこかへ、遠くへ、遠くへ、
どんどんゆくことだと、そう思っていた。
そうでないということに気づいたのは、

死んでからだった。もう、
どこにもゆかないし、
どんな遠くへもゆくことはない。

そうと知ったときに、
じぶんの、いま、いる、
ここが、じぶんのゆきついた、

いちばん遠い場所であることに気づいた。
この世から一番遠い場所が、
ほんとうは、この世に

いちばん近い場所だということに。
生きるとは、年をとるということだ。
死んだら、年をとらないのだ。

十歳で死んだ
人生の最初の友人は、
いまでも十歳のままだ。

病に苦しんで
なくなった母は、
死んで、また元気になった。

死ではなく、その人が
じぶんのなかにのこしていった
たしかな記憶を、わたしは信じる。

ことばって、何だと思う？
けっしてことばにできない思いが、
ここにあると指すのが、ことばだ。

話すこともなかった人とだって、
語らうことができると知ったのも、
死んでからだった。

春の木々の
枝々が競いあって、
霞む空をつかもうとしている。
春の日、あなたに会いにゆく。
きれいな水と、
きれいな花を、手に持って。

淳子《じゅんこ》さん――。僕があなたを失って14年が経った。あの日、あなたに言われて約束したよね。「無理心中なんて嫌だからね。後追い自殺もダメ」。

僕はまだ生きている。その意味ではあなたとの約束は守っている。では、花を持って、僕はあなたに会いに行けるようになったのか。悲しみとは違う、優しく懐かしい思い出としてあなたに会いに。自分でも分からない。「淳子さんが死んだ」。誰かにそう言うことすら辛く、ずっと秘密にしてきたから、本書が出るまであなたの死を知らない友人たちも多いと思う。でもあれから10年以上が経ち、ようやくあなたのことを初めて語りだし、書き始める気力は得た気はする。

喪失の対象はさまざまだろう。時に妻であり夫であり、子供であり、両親であり、祖父母であり、恋人や友人のこともあるはずだ。ただ、唯一無二のかけがえのない「その人」。世界のすべてと交換しても、もう一度会いたい、もう一度取り戻したい。そう思える誰か。そんな誰かを失ったあなたに、読んでほしい。失った地図をもう一度歩き出すために、少しでも役に立つことを願って。

あなたのためだけに本書を書き始めたい。

目次

1

青山、1月。
「無理心中なんて嫌だからね」

突然の言葉

東京の青山・表参道あたりは、高級ブティックやお洒落なレストランも多く、着飾った若い子たちが行き交う華やかな街というイメージがある。だが、青山通りの喧噪から離れ一本細い路地に入ると、古くからのうどん屋や焼き鳥屋、豆腐屋などの個人商店も多く、静かな住宅街という意外な顔も持っている。

この住宅街の猫の額ほどの狭小地《きしょうち》に、小さな小さな3階建ての家を建てたのは30年ほど前のことだった。こんな都心でなくともよかったのだが、妻・淳子さんがここを選んだのはふたつの理由からだった。ひとつは犬のため。

ジルと名付けたフラット・コーテッド・レトリバーという大型犬一頭と、タラと名付けたチベタン・テリアという中型犬一頭と住んでいた世田谷のマンションが手狭になり、引越し先を探していた時に見つけた物件だった。どうせならマンションではなく、戸建ての方がワンコたちも喜ぶ。生まれた時から生活の中に犬がいた淳子さんに対し、僕は40歳になって初めて飼った犬たちだ。とてもかわいがっていたので（だから初めて書いた漫画原作も実は犬の話でした）この提案に不満はなかった。

もうひとつの理由は転売のしやすさ。僕は、大学生の頃からフリーランスのライターで、就職は一度も経験がない。フリーランスの仕事は収入が極端に変わる。突然収入が途絶えたり、病気のために急な出費が必要になったりすることもあるだろう。都心なら住宅以外にも用途もあり、売却しやすいという判断だった。

ただし、買える敷地は世田谷や練馬などの住宅地の半分以下の広さ。ここに自分たちでラフの設計図を引いて建てたオモチャのような家は、敷地いっぱい、3階建て7層という無茶な造りで、階段ばかりが目立つ。

正方形の箱を少しずらして積み上げた構造の家は、玄関を開けるとまず上下に分かれる階段が眼に入る。これを昇ると突き当たりが僕の仕事場で、ここが3階。逆に玄関から階段を降りると寝室、そのまた下が書庫だ。仕事場の上、4階のキッチンと5階のリビングは5段ほどの短いステップフロアでつないで、このリビングの上にロフトのスペースがあった。キッチンからこの短い階段を上がると、リビングには後ろ向きにふたりがけのソファーが置かれている。

あの日、2010年1月26日。時間は遅い午後だった。

僕はベッドから起き抜けのまま、階段を背にしたこのソファーに二日酔いのパジャマ姿でぐったりと座っていたのを覚えている。二日酔いはいつものことだが、この日は年に一度の、少しだけ特別な日だった。

原作付き漫画の場合、原作者と漫画家が頻繁に顔を合わせる時間はない。そのため、年に一度だけ担当編集者を含めた3人で正装し、普段は行かないような気取った高級店で食事をするのが『バーテンダー』という漫画の連載開始以来の恒例行事だった。

この時は六本木の2つ星フレンチ・レストラン。少しいいシャンパーニュと赤・白のワインのボトルを開け、食後に2軒、3軒とバーをハシゴし、帰宅したのは多分午前3時過ぎ。起き出したのも午後を回っていた。

玄関の鍵を開ける音がする。それまで僕の足下で寝そべっていた犬たちが嬉しそうな吠え声をあげ、転げるように一気に階段を駆け下り玄関にダッシュしていく。

（……淳子さん、出かけていたのか）

階段を昇ってくる足音がする。その足音がキッチンからつながるステップフロアを上がり、犬たちの足音と共に背中に迫った時、淳子さんの声がした。

「ダメみたい」

「えっ？」と、体を起こして起き上がり、座り直す。

振り返ると青山アンデルセンの小さな袋を手にした淳子さんは、そのまま僕の前を横切り、左横に座りながら、それはあまりに突然の言葉だった。

「膵臓《すいぞう》がんだって。もう一度正確な検査しないとハッキリしないけど、まず間違いないって。レントゲン見たけど、肝臓《かんぞう》にも3か所転移があって、結構大きい。ステージⅣのbだから、手術するのも無理。助からないみたい」

意味が分からなかった。単語は単語として、言葉は言葉として理解はできても、頭の中に少しも入ってこない。思わず呆然として淳子さんの横顔を見る。

「知ってる？」

「なに……」

「アンデルセンって、青山店だけはお店でパンを焼いているんだって。だから美味しいのかな。美味しいよね。食べる？」とサンドイッチの袋を破る。

いったい、この人は何を言っているんだ。

やっと思い出した。1か月ほど前に、背中が痛いから、一度検査に行ってくる。確かにそう言われていた記憶はある。まったく気にもとめていなかった。今日はその結果を聞きに行っていたのか。

年齢は確かに53歳になっていたが、これまで特に持病はなく、毎年、婦人科の人間ドックも受けていた。昔は飲んだ酒も、偏頭痛《へんずつう》が起こるからとここ20年以上は手をつけていない。有機無農薬の宅配野菜をとり、パンを焼き、バターもマヨネーズも手作りし、米は玄米を炊飯のたびに精米し、毎日犬の散歩をし……。年相応の健康管理にも留意していた。どこの家庭でもそうだろうが、普通、不健康なのは妻よりも夫の方だ。僕も、仕事がら酒を飲むことも多く、この頃は葉巻も煙草も山のように吸っていた。

それなのに淳子さんが、がん？

「どこか他の病院は？　もう一度ちゃんと診察してもらうとか……」

「明日、本院の東京女子医大の方で10時から詳しい診断の説明があるから。もう予約が入っているから。朝早いけど起きられる？　頑張って起きてね」

「分かった」

「それから……。約束してね」

「約束？」

一瞬僕の方に視線を向けると、淳子さんは再び前に向き直る。

「何があっても無理心中なんて嫌だからね。後追い自殺もダメ」

横顔は穏やかに微笑んでいた。その口調は明るく、いつものようにどこかのんびり、おっとりとしていて他人事のようだ。

淳子さんは何事もなかったかのようにサンドイッチを食べ続けている。僕は頭が空っぽになったまま動けない。喉が渇き、言葉は口の中で固まって声が出せない。サンドイッチを平然と食べ続ける淳子さんの横顔を、無言のまま見つめ続けた。

少しして、床にずり落ちるようにぺたりと座り込み、ソファーに座る淳子さんの膝に顔を埋め、その腰に両手を回すと抱きついて、泣いた。なぜ泣いたのか、実は自分でもよく分からない。多分、何が起こったのか、これから何が起ころうとしているのか、自分でも理解できなかったのだろう。感情のすべてが一瞬で凍り付き、眼の前の世界は突然閉ざされ、暗転していた。


僕は大学生の頃から婦人雑誌の記者をやってきた。難病の子、障がいと闘う夫婦、それにもかかわらず亡くなってしまった父、母、幼子、恋人たち。日本中で、そんな取材を毎月のようにしてきた。その時、必ず聞く質問がある。

「病気のことはいつ、どんな言葉で、どう説明されましたか？　それを聞いた時のお気持ちは？」

「驚きで眼の前が真っ暗になりました」「体の震えがずっと止まりませんでした」「衝撃で息もできない思いでした」。重い口をようやく開き、絞り出すように皆さん答えてくれた。

でも、あれは嘘だったんだな。本当は説明なんかできっこない。あの言葉は、経験のない未熟な取材者にも理解できるよう、少しだけありきたりな表現を選んでいたのだと気付いた。なぜなら、それは人生で初めての経験だから。自分が言葉にしたことのない経験だから、他人に説明などできるはずもない。僕が取材者に問われたらこう答えただろう。

「ただ驚いて、子供のように突然泣き出しました」

淳子さんはサンドイッチを片手に、残る手で赤ん坊をあやす母親のように「はいはい」と言って、泣き続ける僕の頭にポンポンと手を置いた。そのままどのくらいの時間が経っただろうか。

「疲れたから少し横になるね」と、言う。

「じゃあ……」と言葉を返し、僕はどうしていいか分からない。

「晩ご飯、何か食べたいものある？　うどんでも作ろうか」

「ナチュラルハウスのお弁当でいいかな」

「分かった。ランニングして帰りに寄ってくる」

僕は着替えると走り出し、青山墓地を抜けた。春には満開の桜の下をワンコたちの散歩に通る道だった。そのまま住宅街を青山通りに向かうと絵画館前に出る。ここは秋の銀杏《いちょう》並木が有名で、よくテレビの撮影があった。ワンコがいないふたりだけの散歩の時は、そのまま北参道の入り口をめざし明治神宮を散歩した。

走りながら僕の頭の中ではこんな言葉が繰り返し響いていた。

「一切皆苦《いっさいかいく》」。

それは数日前からたまたま読んでいた新書のタイトルだった。


小学校の3、4年生の頃だろう。テレビもラジオも深夜になると終わった昭和の時代。小児喘息《ぜんそく》の子供は発作で苦しい長い夜を読書で耐えた。親たちは眠り、枕元の小さな電灯の下で「ヒュー、ヒュー」と喘鳴《ぜいめい》に苦しみながら本を開き、目は活字を、言葉を追って夜明けを待った。朝になると発作が少し楽になるのだ。『ドリトル先生』『アルセーヌ・ルパン』『シートン動物記』。他にどんな本を読んでいただろう。言葉にすがって苦しさに耐える。それは、子供の頃からの習慣だったのかもしれない。

「一切皆苦」は仏陀の教えの基本で、この世のすべては苦しみであるという意味だ。すべてが「苦」。よろよろと走りながら、あらためて本当だなと思った。いま見えている世界。冬の穏やかな陽を浴びて輝いている緑の植栽、散歩するカップル、笑顔の家族連れと一緒に散歩するゴールデン・レトリバー。その幸福の世界の後ろに、苦しみが姿を隠している。苦しみは突然姿を現し、世界の様子を一変させる。

「一切皆苦」。

体が透明になり、世界が風のように体をスッと通り過ぎていくような気がした。かつてそこにあった意味。そのために喜んだり、悲しんだりした世界が、体の中をただ通り抜けていく。苦しかった。こんな苦しみが世の中にあるのか……。「一切皆苦」と心の中でつぶやいては「トントン」とリズムを合わせて脚を運ぶ。空っぽになった体の中で同じリズムが共鳴する。

「一切皆苦、トントン、一切皆苦、トントン、一切皆苦、トントン」――。

その夜。並んだベッドで眠りながら、僕は寝付けなかった。

寝室の、薄い闇の中で目を瞑《つむ》る淳子さんの横顔を見る。スッキリと広く、形のよい額から鼻筋がまっすぐに伸び、その下の唇は小さく整っている。色白の肌は肌理《きめ》が細かく、若い頃より少しふっくらしたとはいえ、いまでも美人だ。

僕はそっと起き上がり、犬たちを起こさぬよう足下から回り込むと、ベッドの横、淳子さんの枕元近くに立って、口元にそっと手のひらを近づけた。不安でいたたまれなかったのだ。と……、

「まだ死んでないよ」

と、急にパッと眼を開け、からかうように淳子さんは微笑んだ。

僕は驚いて言葉を失う。

「……怖くない？」

「なにが？」

「……」

「死んじゃうこと？」

「……」

「しょうがないじゃん。ただ、ドクター・ショッピングはしたくないから」

「それは分かってる」

「明日早いから。いいから、もう寝よう」と、体を横に向ける。

あらためてその顔を見つめる。

この頃、治療についてどんなやりとりがあったのか、あまり思い出せない。夫婦なんて、少なくとも日本の夫婦は物事を話し合って、議論し、相談して決めるなどということはしない気がする。相談しなくても、こんな時、淳子さんならどう考えるか、分かっていた。正直に思い返せば、僕はショックが大きすぎて、ただ何も考えられない状態だったのかもしれない。

結局、淳子さんがひとりですべてを決め、僕はそれをオロオロと追いかけていっただけだった。このことも僕の中にやはり後悔となって残ることになる。

——＊——

淳子さんは目を瞑って寝ていた。本当に眠っているのか眠ったふりをしているのか、僕はその横顔からずっと目を離すことができなかった。

【風景の中で】

淳子さんが亡くなり、2年ほどした頃だ。最初に診察を受け、膵臓がんと肝臓への転移を告げられたクリニックは渋谷の「東邦《とうほう》生命ビル」（現在は「渋谷クロスタワー」ビル）に入っていた。ここから、我が家に向かって青山通りを初めて歩いてみた。

淳子さんが生きていた頃は、家から渋谷までは徒歩圏内で、渋谷への買い物はいつも歩いていたからよく知った道だ。亡くなってしばらくは、この風景を見るのが辛く、あえて避けていた道順だった。

歩きながらずっと考え続けた。突然、死の宣告をされた淳子さんはあの日、何をどう感じてこの坂を、この風景の中を歩いてきたのだろう。

世間に見せるおっとりと大人しい、いかにも田舎のお嬢さん育ちと見える淳子さんだが、実は他人には見せないドキリとするほど冷ややかな眼も持っている。口調はいつもゆったりと穏やかだが、どんな時でも冷静な大人で、粘り強く頑固でタフだ。逆に僕の方は、ガチャガチャと落ち着きがない感動屋で、子供っぽく分かりやすい。明るいお調子者だが、甘やかされて育った末っ子だから、意外に小心者で他人の小さな物言いや態度にも傷つきやすい。

六本木通りと交差するあたりから宮益坂上《みやますざかうえ》の信号まで、道は昇り坂になる。男の足でも少し息が上がる。この坂を淳子さんはどうやって昇ったのだろう。僕にがんの告白をしたあの日から、その体力は急激に落ち、まさに「坂道を転がるように」というありきたりな言葉そのままに、日に日に衰えていった。

その後の衰弱ぶりを思うと、2年前のあの冬の日。この坂をひとりで昇る力があったことに驚くが、その気丈さは淳子さんらしいとも思う。僕ならすぐに電話をつかみ、助けを、それが無理と分かっていても誰彼かまわず助けを求めていたに違いない。ひとりでがん宣告を受けるのは耐えきれなかったはずだ。

淳子さんはたったひとり、何を思いながらこの坂を昇っただろう。

坂を昇りきると、青山学院大学の正門の前に達する。授業が終わったのか、駅に向かう学生たちが、こちらに向かって連れだって歩いてくる。若い子たちがじゃれあうように楽しげに歩く、キラキラとしたこの姿はどう見えただろう。我々にもこの子たちと同じように、世界がまばゆいほどに輝いて見える無邪気な時代があった。あの、学生の頃の我々の出会いやその日々を、この子たちに重ねて思い出しただろうか。

知っていただろうか。淳子さんが診断を受けたクリニックが入る東邦生命ビル、その歩道橋につながるテラスには、尾崎豊が祈りを捧げる姿を模したレリーフと『17歳の地図』の歌碑が飾られている。

「……人波をかきわけて、このしがらみの街を……強く生きろ」

僕だって頭の中じゃ分かってる。淳子さんがいなくても強く生きなきゃって。でも、どうやって？　何のために？　10代じゃなくても、人は彷徨《さまよ》う。

そのまま歩いて、表参道交差点の手前、パンを飾った店内が外からも見えるアンデルセンのショーウインドウの前で立ち止まった。一瞬迷う。あの日と同じサンドイッチのために店に入ろうかと。さすがにそれはまだ辛すぎてできなかった。

思った。淳子さんのあまりに唐突な僕への告知の言葉は、この道を歩きながら考えに考え、さんざ単語を選び抜き、ふるいにかけた上で最後に残った言葉ではなかったかと。何をどう説明しても、僕がショックに耐えられっこないことは分かっていただろうから、結論だけを言ったに違いない。それにしても何の説明もなく突然「無理心中なんて嫌だからね。後追い自殺もダメ」というのは唐突すぎるでしょ。

ただ、淳子さんが亡くなって5年後。自分自身が大腸がんを宣告された時に、少しだけこの時の淳子さんの気持ちが想像できた。大腸がんと言われた時は、確かに驚きとショックはあった。しかしそれは悲嘆や絶望というものではなかった。「面倒くさいことが起こっちゃったが、仕方ないか」とは思っても、感情が取り乱すほどではなかったと思う。

しばしばがんになると「人生でやり残したこと」とか「死を前にした後悔」などというが、言って詮無きことは言わぬがモットーだから、心残りなどなかった。「仕方ないか」としか思わなかった。ただ、もしこの時、淳子さんが生きていたら――無理心中や後追い自殺の心配などなくても――やはり淳子さんをひとり残す不安と辛さはあったろう。淳子さんを悲しませる苦痛は考えたろう。

死は、自分の死が悲しいのではない。その死が誰かを悲しませるから辛いのだ。この意味で死は自分のものではなく、常に他者のものなのだ。

事実、淳子さんを失ってから、自分自身の生死はどうでもいいことになっていく。

―――*―――

東京女子医大病院

翌朝。病院に向かうタクシーの中で、淳子さんの表情は明るかった気がする。落ち込んで口を開くこともできない僕のために無理に作った笑顔だったかもしれないが、その表情の中には不安とか動揺はまったく見えなかった。

時間帯のせいなのか、東京女子医大病院は人影も少なく、がらんとしたコンクリートの巨大な建物だった。白い壁面と、天井の高い吹き抜けのエントランスは近代的というより、どこか現実感のないSF的な空間だった。1階で受付を済ませ、長いエスカレーターに乗り診察室のある2階に上がる。診察室前のソファーに座る。眠いのか疲れたのか、淳子さんは僕の腕に自分の腕を回し、体を傾けて頭を僕の肩に預けた。他に患者もなく、ふたりで無言のまま、ぼんやりと眼の前の診察室の扉を見ていた。やがて受付番号と名前がアナウンスされる。

診察室。パソコンのディスプレイを前にした若い女医さんが、血液検査の内容を説明していく。病状や治療の可能性など、細かく説明されたはずだが、まったく記憶がない。

ただうなだれる僕の代わりに、淳子さんは自分で画面を確認しながら「この数字はどういう意味ですか？　こちらは肝臓の数値ですよね。腫瘍マーカーの数字も異常に高いですね。腫瘍の位置的にも手術は無理なわけですね」とテキパキと話を進めていった。

同時に、もし手術が不可能なら、積極的な治療は行わず、別荘のある蓼科《たてしな》の諏訪《すわ》中央病院で緩和ケアを受けながら、最後の最後は淳子さんの実家である浜松に戻りたいと伝える。これだけは病院に来る前にふたりで決めていたことだった。

まだ30代だろうか。若い女医さんは目鼻立ちの整った美人なのに化粧っ気がなく、顔色は青白く、髪も少し乱れている。寝不足なのだろう、眼も赤く腫れている。なぜこの先生は若いのにこんなに疲れ切っているのだろう。僕はボーッとしながらそんなことを思っていた。女医さんの言葉に我に返る。

「……半年生きた人もいますから。一緒に頑張りましょう」

「もし抗がん剤が効かない場合は？」と、僕は突然口を挟んで聞いてしまう。

「……3か月くらいかと」と、先生はうなだれ気味に言う。

僕の気持ちは複雑だった。残り3か月という時間は確かに衝撃だったが、逆に言えば3か月は大丈夫なんだ。いや、こういう場合、短めに言うはずはないから3か月以上、何とかなるかもしれない。そうも思っていた。淳子さんをチラッと見る。その表情はいつも通り淡々と、まったく変わらなかった。

「セカンドオピニオンとかは？」内心では無駄と分かっていても聞いてみる。

「もちろん構いませんが……まず間違いはないかと」

（間違いない……）

「ただ細胞を採取して検査してみないと正確なことは……」

医師の言葉は行ったり来たりする。治療効果があるかもしれない。ないかもしれない。3か月かもしれない。半年かもしれない。ただし「治る」という言葉だけは、ここにはない。その口調は疲れ切って小さく、力がなかった。

「治療方針を立てるためには、検査入院が1日必要になります」

「じゃ、一番早い予定で。病室は個室で、一番いい部屋に」

思わず顔を上げ、声が大きくなる。

「特別室ですと一泊10万円以上しますが……」と、戸惑うように言う。

「あっ、そりゃさすがに高すぎる」と淳子さんとふたり、声を揃え、思わず顔を見合わせて笑い合う。それは、淳子さんにがんを告白されて以来、初めての笑いだった。

診察室を出ると、次の予約患者なのだろう、ソファーに若いお母さんが、障がいのある女の子をバギーに乗せて順番を待っていた。

女子医大で初めて経験したが、大きく番号が書かれた大病院の診察室の扉。その扉がずらりと並んだ光景を前にソファーで待つ気持ちは、本当に嫌なものだ。眼の前の重く強く閉ざされた扉は、健康であることと病であることの境を意味している。いわば審問の扉。中と外では、時に一瞬で人生が変わってしまう。

番号と名前が呼ばれ、ノックをして扉を開ける。患者も、付き添う家族も診察室に入るその瞬間、全身の神経をピリピリと張り詰めている。入り口から椅子に座るまでの数秒の間も、さりげなく医師を観察している。何気ない表情を装って机上のディスプレーを見ている医師の、その一挙手一投足の動き、その気配から病を探っている。

僕たちと入れ替わるために扉の前で待っていたお母さんは、眼も虚ろで、魂が抜けたかのようだった。障がいのある女の子のどこが悪いのかは分からない。お母さん自身が病気なのかもしれない。でも、患者も医師も、新しく患者となった我々も、この扉を挟んで生と死の張り詰めた緊張感の中で青ざめ、疲れ切っている。寝不足の頭でそんなことを思っていた。

何十年か前、何度もこういう取材をしたなと思い出す。ただし、そこには大きな隔たりがある。かつて僕は取材をする側で、お母さんは取材される側。いわば僕は同情する側で、お母さんは同情される側。しかし、扉ひとつでそんな立場は突然転換するのだと思い知らされた。

――＊――

【後追い自殺】

「後追い自殺はダメよ」と言った淳子さんは、もしかすると江藤淳《えとうじゅん》のことを考えていたのかもしれないと思った。

1999年、前年に妻を亡くした評論家・江藤淳は、自宅浴室で手首を切って自殺した。その遺書の「形骸を断ず」という言葉はマスコミでも賛否共々さんざ話題になっていた。「夫婦のことは他人には分からないし、口出しできないけど、私だったらできれば後追い自殺はしないでほしいかなぁ。嫌だな」と、淳子さんは言った気がする。

「日本の夫は妻を先に失うと、同時にふたりの女性を失う。ひとりは妻、ひとりは母」という言葉がある。日本の男性（夫）は家庭内では、精神的に自立していないという批難とも受け取れる。誰の言葉か忘れたが、間違いではない。

青山に引越してから喘息の発作が起こり、近くの個人病院に行った時だ。発作で歩くのも苦しかったこともあったが、四十過ぎたオヤジが、子供のように淳子さんの肩に手を置き、そろそろと引かれるように診察室に入ると医師に笑われた。

「ご主人、ずいぶん奥さんに依存していますねぇ」

「ええまぁ……」と、困った顔をした淳子さんの表情が忘れられない。

書いた原稿に自信がない時は、最初に淳子さんに読ませる。

毎度のことではないが、連載1回目の原作などはつい感想を求めた。最初の話はどうしても方向に迷いもあるのだ。そんな時、それがどんな内容でも絶対に「面白い！」と、言ってくれる。

「ちょっと分かりづらいかな。設定がややこしすぎないかな？」

「そんなことない。面白い！」

原稿だけではない、それがなんであれ、淳子さんは、世界中のすべての人間が「あなたは間違っている」と言う時でも「あなただけが正しい」、必ずそう言ってくれる唯一の人間なのだ。
僕の個人事務所の経理一切も淳子さんがやっていたから、僕は家にいくら金があるのかも、月々のローンがいくらかも知らない。知らなくても適当になんとかしてくれると、どこかで思っていた。実務だけではない。淳子さんは自分の存在が僕の中でどれほど大きいのか、過信ではなく冷静に理解していた。いかに僕がか細く心許《こころもと》なく、自立などとは無縁な甘えん坊であるか、誰よりも熟知し、心配もしていた。だから「無理心中」とか「後追い自殺」という言葉も出たのだろう。

——＊——

凍り付く風景

病院のエスカレーターを下り、建物を出ると中庭のような広い場所に出た。テニスコートならゆうに2、3面は取れそうな広々と何もない空間。その隅にタリーズコーヒーがあった。晴れ渡った冬の空の下、ポツンポツンと所々にベンチも置かれている。誰もいない場所に、僕たちふたりだけだ。

「コーヒー買ってきてくれる?」

「うん。お腹はすいてない?」

「大丈夫」と、淳子さんが首を軽く振る。

冬の冷気の中、湯気があがるコーヒーの紙コップを手に、ベンチに戻る。淳子さんは、縮こまるように背を丸め、毛糸で編んだミトンのまま両手で紙コップを抱え、口元に近づける。僕は重苦しさに耐えられず、手にした自分のコーヒーに向かって陽気に声をかけた。

「まったくバッカじゃないかね! 最近の若いネーチャンは日本語の使い方おかしいよな。ずっと理系できた医学部の子に日本語の感受性を求めても無理だけどさ。あれは頭の悪い優等生の典型だよなぁ~」

と、無理矢理ふざける。淳子さんは、僕の言葉に一瞬コーヒーを飲む手を止めてキョトンとした。が、すぐに意図は伝わったのだろう。「ふふっ」と可愛く微笑む。

(そもそも膵臓がんなのは間違いない。だから余命まで言ったんだろ。しかもセカンドオピニオンも必要ないくらいに間違いなく膵臓がんだって言い切れるんだろ。抗がん剤が効いても半年、効かなければ3か月って言ったよな。それだけ確実だというのに、ただただ検査上の確認のためだけに入院して生検をするというのか。生検って、要は患部に針を刺して細胞を取るってことだよな。もう手術はできない、治療方法もない。余命は3か月しかないという確認のためだけに)

しばらくして、淳子さんがゆったりとしたいつもの口調で微笑みながら顔を上げた。

「あ～あ。天気いいねえ～」

淳子さんの言葉につられ、僕も顔を上げる。新宿区河田町。都会の雑踏のど真ん中だ。それなのに冬の青空は、地上のヒリヒリと切迫した心の緊張などとはまったく無縁に、憎らしいほど長閑《のどか》に晴れ渡っていた。

少し休んで、タクシー乗り場で待ってもタクシーが来ないので、車を拾うため道路まで坂を歩いて下ると淳子さんは言う。いつも気丈で冷静なのに、さすがに心も体も疲れたのだろう。口数が少なくなり、歩みも遅れがちだった。

前日、ストレートのウイスキーと睡眠導入剤を飲んで眠りについた僕は、突然、お腹が痛くなった。

「ちょっとトイレ行ってくるから先に行ってて」

しばらくして戻ると、僕は思わず立ちすくんだ。

眼の前に見えている風景が、透明な樹脂に覆われているかのように固まって見えたのだ。立ち入ることを拒否するごとく、一部分だけが切り取られたかのようだ。風景が巨大なシャボン玉の中に入っているような奇妙な感覚。20メートルほど先、そんなシャボン玉の中で、淳子さんは両手をコートのポケットに入れたままガードレールに座り、どこか遠くの方をボンヤリと見ていた。近づこうと脚を踏み出したその瞬間、車の往来がまったくなくなり、あたりが突然シンッと静まり返った。通りは街の動きを止め、薄く靄《もや》がかかったように青白く感じた。

いままで見えていた日常の風景の裏に潜むその景色は、死の気配という言葉を少しだけ連想させた。萌葱《もえぎ》色のコートを着た淳子さんだけがポツンと、本当に「ポツン」と音がするかのように、死の風景の中で座っていた。声をかけても届かない。歩み出そうとしても辿り着けない。少しの間、僕は立ち尽くしたまま、淳子さんに近づくことができなかった。

思い込みの感傷にすぎないのは分かっている。分かってはいても、この時の凍り付いた風景と、そんな中で孤独そうに佇《たたず》む淳子さんの姿だけは、いまなお忘れられない。悲しかった。

【センチメンタルな旅・冬の旅】

「東京女子医大か……」と、最初に淳子さんから病院名を聞いた時、僕は少しだけ別のことを考えていた。僕のたくさんあるペンネームのうち、一番よく使うのは城アラキという名前だ。城はワインのシャトーから。そしてこのアラキ——本名のアキラとしばしば間違えられるが——は、実は写真家の荒木経惟《あらきのぶよし》氏にちなんでつけたものだった。若い頃、何度か取材をさせてもらった縁もある。

荒木経惟の最も有名な写真集のひとつが妻・陽子さんとの新婚旅行を撮影した『センチメンタルな旅』だ。そしてその陽子さんを最後に撮影したのが『冬の旅』。この中で、子宮肉腫で42歳で亡くなった陽子さんを、納棺された死顔まで撮影して、篠山紀信《しのやまきしん》に猛批判を浴び大論争にもなった。その陽子さんが亡くなった病院が、この東京女子医大だった。

写真集の中には、死にゆく妻を見舞うために東京女子医大に向かう時のカットがいくつも納められている。とても印象的な一枚がある。うしろに太陽を背負った逆光の中、東京女子医大の階段に映った花束を抱えた自分の影を撮影した一枚だ。他にも、空や猫、握り合う手。何枚もの写真に、病気の妻・陽子さんの顔はない。その顔がやっと見えるのは、納棺され、花束に囲まれ死者となった写真の中だ。

淳子さんが亡くなって、だいぶ経って写真集を開いた時、僕にはこの時の荒木経惟の気持ちが少しだけ理解できた気がした。

死にゆく妻を凝視するのは耐えられなかったのだ。

妻が死ぬ。それを認めたくないのだ。空や猫や自分の影の写真は死にゆく妻からそらした視線が捕らえたものだ。しかし、だからこそそこには、妻への強い思いが潜んでいる。死顔は何か。それはかつて妻であったものの肖像だから、撮ることができた。もう永遠に戻ってはこないという諦めから、シャッターが押せたのだろうか。あるいは逆かもしれない。シャッターを押すことで、自分自身に言い聞かせたのかもしれない。「愛する人は、もう戻ってこないんだ」と——。

——＊——

ふたりだけで生きたい

家に戻り、検査入院のための各種書類を書き込もうとして、ちょっとした問題が起こった。入院には保証人が必要だという（これは後に、保証金さえ払えば不要と分かりましたが、この時はふたりとも気持ちが動転していたのでしょう）。このサインを誰に頼むか。頼むには当然、淳子さんのがんのことも話さなくてはならない。

我が家の裏には、僕の実の姉が住んでいる。狭い敷地を半分に割り、同じ時期に家を建てたので、日頃から行き来もある。が、僕の姉に話すのは嫌だと言う。自分の血縁なら、浜松に住む妹や義弟が一番身近だ。東京にもよく遊びに来たり、一緒に旅行に行ったりもしていた。しかしこれもダメだと言う。特に、高齢の両親には最後の最後まで隠してくれと言われた。戸惑った。僕の中には「いずれ分かることだし、隠していてもしょうがない」という思いがあったが、淳子さんは違った。

「ギリギリまで誰にも連絡しない。私たちふたりだけのことだから、最後までふたりだけで生きたい」。結局、東京女子医大病院での検査入院も取りやめて、できるだけ早く蓼科に行くと決めた。

なぜ淳子さんは病気のことを誰にも打ち明けないと決めたのか。

無論、周りに心配をかけたくないという思いもあったろうが、ひとつには「善魔《ぜんま》」への恐れではなかったろうか。淳子さんはこの言葉は知らなかったかもしれないが、遠藤周作が書いている。

「善魔などという言葉はもちろん字引にはない。がしかしそれに対応する悪魔という言葉はもちろんある。（中略）突きうごかされて行った愛なり善なりは（正確にいうと自分では愛であり善いことだと思っている行為が）相手にどういう影響を与えているか考えないことが多い。ひょっとするとこちらの善や愛が相手には非常な重荷になっている場合だって多いのにである。向うにとっては有難迷惑な時だって多いのである。それなのに、当人はそれに気づかず、自分の愛や善の感情におぼれ、眼くらんで自己満足をしているのだ。こういう人のことを善魔という」（『生き上手　死に上手』文春文庫）

全国各地の名医やさまざまな代替医療。各種サプリや食事療法。果ては信心まで。誰かががんだと聞けば周囲の「善意の人」が、いろいろなことを勧めてくれる。そんな「善意」に耳を傾け、もし治ったならまだしも、断るとどうなるか。

「ほら見ろ、私の言うことを聞かないからこうなった」と善意は簡単に豹変《ひょうへん》し、刺々《とげとげ》しい悪意になる。煩わしいだけでなく、身近な誰かを「善魔」にしないためにも、病気のことは秘密にしたいと淳子さんは考えたのかもしれない。そして何より、淳子さん自身の言葉通り「これは私たちふたりだけのことだから、最後までふたりで生きたい」という思いが強かったのだろう。しかしそれは、僕にとってはとても孤独で辛い戦いの始まりでもあった。

膵臓がんとはっきりと宣告されたためなのか、淳子さんは、それまでは訴えなかった背中の痛みをいっそう強く感じ出したようだ。背中を少し起こした方が痛みが少ないというので、ベッドの上に布団を積んで傾斜《けいしゃ》を付けた。本当に効果があるのかどうか分からないが「ありがとう、楽になった」と、言ってくれた。この頃はまだ麻薬系の強い痛み止めは処方されていなかったと思うので、本当はかなり辛かったはずだ。

食欲はいっそう落ちた。食べ物の好みも変わった。ナチュラルハウスの野菜中心のお弁当を箸先で少しつまんで口に運ぶ姿は思い出せる。ではその前はどうだったのか。元気な頃は一緒に何を食べていたのか。

朝はコーヒーを淹れ、ホームベーカリーで焼いたトーストにバターを乗せた朝食が定番だった。メニューは分かる。でも、それを食べている淳子さんの姿が思い出せない。どんなふうにカップを持ち、どんなふうにトーストにバターを塗ったのか。その時ふたりで何を話したのか。

料理本を作るために、トルコ料理やインド料理を作った場面は思い出せる。インド料理のチャパティの生地を、淳子さんが丸めて小さな麺棒で伸ばし、僕が火にかざすとポンッと膨らむ。そんな流れ作業の場面は思い出せる。撮影用の料理だけではない。餃子もいつも生地から作るから台所は一面粉だらけだ。「いいから、いいから。あとで掃除するから」と、よく一緒に粉まみれになった。業務用オーブンが使いたくて作った鯛の塩竈《しおがま》焼き。新しい圧力鍋を試したくて作った作家・檀一雄《だんかずお》考案の牛テールとタンを合わせた「檀シチュー」。七輪に凝った時は、これを幾つも買い、肉や魚を焼いて部屋の中をモクモクと煙だらけにした。そんな、来客用の派手で大げさな料理は僕が作りたがったものだが、淳子さんが作る料理、毎日食べていた普通の食卓の風景が思い出せない。

平凡で何気なく、記憶にも残らないような毎日の食卓。多分、ご飯やパンがあり、肉や魚の一皿があり、僕の前にはワイングラスがあったろう。料理の腕はよかったから淳子さんの作る日常食はどれも美味しかった。でも、その風景はまったく思い出せない。

幸福とはそんな、平凡すぎて記憶にも残らない時間の中にこそあったのかもしれない。

「日常」という言葉は本当に重い。何より重い。なぜなら、失わなければその重さが分からないものだからだ。

こうしている間にも、カルテやレントゲン写真の引き継ぎのため、転院先となった諏《す》訪《わ》中央病院への連絡などで数日が慌ただしく過ぎていく。他にも、いつの間に書いたのか、東京にいる数日の間に僕がやることというリストが手帳にびっしりと書き込まれていた。これを見た時は、さすがに言葉を失った。

東京にいるうちに僕がやること――。

淳子名義の銀行口座の解約と預金の移動。ネットのプロバイダーに中止の連絡。諏訪中央病院の地域支援連絡室に引き継ぎの連絡。ソファーの注文、マンションを見に行くこと。ソファーというのは、背中の痛みがひどくなってきたので、角度が調節できるリクライニングのソファーのことだ。

「マンションって、原宿の？」

マンションというのは、ふたりで散歩をした時に原宿で見つけた新築の低層マンションで、買う予定はなかったが、淳子さんは気に入っていた。

「浜松から青山の家にひとりで戻って来るの、嫌でしょ。もし気に入ったらここをすぐに売ってマンションに引越せばいいから。マンションの方が管理も楽だしね」

「じゃぁ、本籍の移動って？」

「いろんな書類を提出する時に遠いと大変じゃない」

と、平然と笑う。淳子さんが亡くなって提出が必要な書類はひとつしかない（死亡届は別に本籍地でなくてもよかったので、これは淳子さんの誤解でした）。ひとりでそんなことまで考えていたのかと驚いた。驚いて、そんなことまで考えさせた己の頼りなさが惨めだった。

数日後。淳子さんに言われたままに、雨の中を山手線から京浜急行に乗り換え、本籍地である横浜の区役所に向かった。遅い午後だ、湿気のせいか車内の空気はどんよりと重い。混みあう時間でもないのに、眼の前のサラリーマンの持つ傘から滴る雨が、僕の靴にぽたりぽたりと落ちてくる。男はまったく気づかず車窓を眺めている。靴を数センチ動かせばいいのに、その気力が湧かない。ぽたり、ぽたりと落ちてくる滴から目が離せなかった。自分はいま、淳子さんがいなくなった日のための準備をしている。悲しさや不安の前に、どうしても自分のことのようには思えなかった。

他にも会社関係の決算から、毎年必要な各種支払い。ワンコの手入れから、散歩の時の注意まで手帳に書いてある（ワンコは代替わりし、この時はフラット・コーテッド・レトリバーのジャスティと、モコと名付けたポーリッシュ・ローランド・シープドッグという長毛犬種になっていました)。

「ジャス――肛門腺が溜まりやすい、ブラッシングと爪切り。モコ――耳が悪い、皮膚も弱い、トリミングは2か月に1度、顔の周り、耳の毛などは短く切らない方がよい(変な顔になる)、体の毛はもっと短くしてもいいかも……」

それでももし、どうしてもひとりでは飼いきれなくなった時のために、ブリーダーさんの元に戻すための手はずと、連絡先までちゃんと書いてあった。

3年ほど前に買った蓼科の別荘は八ヶ岳の山麓にある。

直径15センチほどの四角いログを組み上げた建物は、青山の家とは逆に平らで、だだっ広い。300坪ある敷地には、高さ30メートルほどの松の木が鬱蒼《うっそう》と生い茂り、そのまん中を切り拓いて建物がある。1階は20畳ほどのリビングでカウンターの向こうにオープンのキッチンが見える。カウンターの上は淳子さんがトルコから取り寄せた原色の絵タイルが置かれ華やかだ。キッチンのちょうど裏側、廊下を挟んで3部屋。仕事場、寝室と、本棚やワインセラーを置く部屋があった。階段を上がった2階の踊り場。その左側は壁のない手すりだけのロフトスペースで、1階のリビングからも見渡せた。踊り場の右側は扉を付けて独立させた部屋がひとつ。ここは来客用だった。ふたりで八ヶ岳にいる時は、誰かを呼んで泊めることはなかったので、この部屋は淳子さんのコレクションであるキリム置き場所になっていた。建物の地下には広い物置スペースもある。最初に見た時は「なんだか田舎は無駄にだだっ広いね」と笑い合った。この無駄な広さは実はログハウスの構造のためで、強度を保つために必要なスペースなのだ。1階リビングの二面に広がる大きな掃き出し窓を開けると、ウッドデッキの広いベランダにつながる。ベランダは奥行き5メートル、幅20メートルほどもあり、夏はハンモックを吊って犬たちとよく昼寝をした。夜になると満天の星空を眺めた。さんざ星座表と見比べたが、星座の位置はついにひとつも発見できなかった。

元々は夏の仕事場だったが、この頃は冬の静けさも気に入り、東京で特別な用事がなければ1年中をここで過ごすことも多かった。夏に割った薪を冬になるとストーブで燃やし、畑で作った野菜を食べる。冬は住人もほとんどいない別荘地。犬たちはそれが仕事であるかのように、ボールやフリスビーを必死に追いかけた。いずれ青山を引き払って、老後はここで過ごしたい。そう考えるようにもなっていた。

ただしこの年、蓼科は僕たちが経験したことのない、数年ぶりの寒さと大雪に見舞われることになる。

2

八ヶ岳、2月。
「あなたには、絶対に
我慢できないくらいの痛み」

雪原の犬

標高1300メートル。見渡す限り一面が雪で覆われた2月の八ヶ岳山麓は一年で最も寒く、晴天の昼でも外気温は零度を超えることはない。あらかじめ管理会社に連絡しておいたので、別荘のパネルヒーターが前日からログハウスを暖めている。それでも別荘に着くなり薪をストーブに入れ、上に木っ端を重ね、丸めた新聞紙に火をつける。小さな炎がポッと立ち上がる。炎は少しずつ広がり、ナラの木の焦げるチリチリと暖かい匂いが、細い煙と共にかすかに上がり始めた。

淳子さんはコートも脱がず、ストーブ前のソファーに膝を抱えるように丸まって座わる。薪ストーブのガラス越しに炎がゆらゆらと揺れる。黙ったままふたりでしばらく炎を見つめた。暖まった空気が少しずつ広がってくる。

薪ストーブの一番いいところは、無言でいつまでも炎を見ていられること。時間に耐えられるということだ。

「ワンコの散歩に行ってくるね」と、しばらくして声をかけ立ち上がる。

「寒いから気をつけて。滑るからあんまり遠くまで行かなくていいよ」

淳子さんは笑って振り返った。

山に着いて最初にやることはいつも同じだ。犬たちもそれが分かっているので、玄関でリードを付けようとするとはしゃいで跳ね回り、手にしたフリスビーに飛びつこうとする。それを叱りつつ、玄関の扉を開けると突然、冷気が頬に突き刺さった。

いつものように、少し開けた傾斜地をめざして歩き出す。冬の別荘地は、住人が極端に少なくなる。静まりかえった道路を歩く。別荘地内の道路は管理会社が毎朝除雪しているが、道の両端には積もった雪が1メートル近くも残っている。真っ黒なジャスが、この柔らかな新雪の中をはしゃいで跳ね回る。顔から足先まで白い長毛で覆われたモコちゃんは、ジャスの後を転がりながら追いかけるので、全身雪まみれで顔の毛はツララ状態に固まる。犬たちの吐く息は白く、力一杯元気だ。

前回来たのはいつだったろう。多分、正月だったのではないか。燻製造りに凝っていたのでベーコンやハム、ソーセージを山のように作っていたなと、わずか2か月ほど前なのに懐かしい。ずいぶん遠い、はるか大昔だったような気がした。本当にそんな時間があったのかさえ、確信が持てなくなるほど遠い遠い昔だ。

夏には深い緑に覆われる木々が、冬になると葉を落とし、遠く諏訪湖あたりまで見下ろせる。顔を上げれば八ヶ岳。赤岳、横岳、蓼科山……。八ヶ岳連峰の立体地図まで買ったのに、山の名前は覚えられなかったけど。別荘地から夏沢峠まで続く遊歩道を見つけ、「行ってみよう」と何度も淳子さんに言われていたのに「え～。山歩きなんて大変じゃん。来年ね」とごまかし続けてもう何年になったのか。

いつもの場所。道路脇からの切り落としで、すり鉢状の傾斜地のちょうど縁の部分だ。谷底までは100メートルほどだろうか。夏には山頂から流れ落ちる川もいまは硬く凍りつき、その上を新雪が柔らかく覆っている。

2、3歩下がって少し助走をつけ、構えたフリスビーを思い切り投げる。晴れ渡った冬の空に真っ赤なフリスビーが一直線に上昇していく。日差しは強く、太陽は雪面をキラキラと照らしている。僕の傍らでウズウズと待ち構えていたジャスは一気に雪の急坂を駆け下りる。深い雪はジャスの胸元まであるので、走っているというより跳ねるように雪をかき分けて進む。進む。進む。

空に舞い上がったフリスビーは青空に大きな弧を描き、ゆっくりと谷底の雪原に落下してゆく。行方を見失ったジャスは、いったんはあたりをキョロキョロと探しまわり、真っ白な雪原に赤い点のようなフリスビーを見つけると「あった～」とばかりに飛びつき、これをくわえて雪の急坂を一目散に頂上を目指す。息も絶え絶えのジャスがようやく谷を昇り切ると、待ち構えていたモコちゃんが吠えかかる。2頭でしばし奪い合いをして、ようやく「もっと投げて」とキラキラ光る嬉しそうな眼で、ジャスがくわえていたフリスビーを僕の前に投げ出した。

それはいつもと同じ、冬のいつもの遊び。しばらくして、太陽は出ているのに雪がフワフワと舞い始めた。ひとり残してきた淳子さんのことが気がかりで、犬たちにリードを付けると、この時は40分ほどで戻っただろうか。

帰り道を歩いている時だ。「あれ?」と思った瞬間、視界に入る風景が突然変わった。何が起こったのか自分でも分からない。眼の前に白い小さな粒が一面にゆっくりと舞っている。視界の端ではガラスの破片のように何かがキラキラと光っている。しばらくしてそれが、木々に積もった雪が、太陽に照らされたきらめきだと気づいた。視線を移そうと顔を横にすると頬が濡れて冷たい。ジャスの黒い足がすぐ眼の前に見えて驚いた。ようやく理解できた。ミラー・バーンというのを聞いたことがあるだろうか。その名の通り、道路の表面が鏡のように固まった状態で、歩くのはもちろん、立っているのも困難なほど滑りやすい。このミラー・バーンに足を取られたのがあまりに突然で、気づく間もなく体が90度回転し、仰向けのまま道路にたたき付けられたのだろう。

オートバイで転倒した時と同じ。まず体の各部が動くか確かめる。右手の指、左手の指と折り曲げていき、腕を曲げ、膝も曲げてみる。とりあえず動く。痛みもない。仰向けから体の向きをクルッと変え、下を向いて手足をついて四つん這いになる。遊んでいると思ったのだろう、ジャスが嬉しそうに僕の顔をペロペロと舐めてくる。ゆっくりと起き上がり、しばらくその場に立ち尽くして動けなかった。

いつもの道。いつもの遊び。そう思っていたが、実際はどこか気もそぞろ、うわの空でワンコたちを連れ出していたのかもしれない。ひとりで二頭を一緒に散歩させることも普段はない。油断もしていたのだろう。

風景はまったく同じ。その中で走る犬たちは何も知らずに何も変わらない。でも、これからはワンコの散歩の時にも淳子さんはいないんだ。ひとりなんだ。そう思い知らされて、最初に感じたのは恐怖に近い寂寥《せきりょう》感だった。

――＊――

【出会い】

僕たちの出会いを語る前に、少しだけ時代背景から説明しておかねばならないだろう。半世紀も前の話だ。

1972年2月、僕が一浪して立教大学の入試合格発表を見た帰り。立ち寄ったラーメン屋のブラウン管テレビが実況中継していたのは、雪のあさま山荘での赤軍派と警察の銃撃戦だった。実弾が飛び交う中継映像を見たのは、僕はもちろん、戦後生まれの日本人にとって初めての衝撃だった。店にいた客の全員が、箸を止めテレビに見入っていた。その後には赤軍派による集団リンチ殺人なども明らかになる。これを機に学生運動は急激に衰退し、大学も政治の季節の反動からか「シラケ」と呼ばれる冷めた時代に移っていく。僕より5、6歳上、学生運動の中心だった団塊《だんかい》世代の学生たちは、長い髪を切り、汚れたGパンをダークスーツに着替え、その後の高度経済成長を支えるサラリーマンになっていく。それでも時代の空気感はまだ残り、彼らが卒業した後も大学では学費値上げ反対闘争などがあり、僕が在学した5年の間にも試験が中止になるなど、前の時代の余韻はさまざまな形でくすぶっていた。

これがどんな時代だったのか、当時のベストセラーを見ると説明しやすい。田中角栄が『日本列島改造論』を著す一方で、司馬遼太郎の『坂の上の雲』が刊行される。日本中がすみずみまで大きく変化していく不安と期待。だからこそ過去の日本を振り返って懐かしむ。いまから思えば、そんな端境《はざかい》期のような時代だった気がする。

これもいまでは信じられないことだと思うが、この頃まで若者が生み出し、それを担う若者文化的なものはほとんどなかった。ビートルズとローリングストーンズが現れ、ようやくGパンがただの作業着でなくなってきた頃だ。女性ファッション誌の先駆けである『anan』とか『non-no』もちょうどこの前後に、『平凡パンチ』や『週刊プレーボーイ』などの男性週刊誌や『少年ジャンプ』はその少し前に創刊されている。テレビ番組は12時頃で終了し、朝まで起きている若者たちは深夜放送のラジオに耳を傾けた。それまでもＦＥＮ（Far East Network、極東放送）はあったが、これは米軍基地にいる軍属やその家族へのエンターテイメントで、会話は英語で、流れる曲も洋楽に限られる。日本の深夜放送を支えたのは葉書を投稿する若い視聴者たちだった。そこではフォークソングが流れ、若者たちはさまざまな悩みを葉書で投稿した。

明らかに新しい時代が始まろうとしていた。

淳子さんはよく、本やノートを真っ赤な縮緬《ちりめん》の風呂敷で包んで脇に抱え、ワンピースとパンプス姿で通学していた。当時としては少し大柄な163センチの身長。目鼻立ちの整った古風な美人顔に、うなじを刈り上げたベリーショートの髪型。とても似合っていたが、手に持つ縮緬の風呂敷はさすがに少々時代錯誤だ。これも端境期ゆえのことだったのだろう。すでにGパンとTシャツが普通だったキャンパスで、あえて流行には乗らぬという少し意固地な美意識もあったのかもしれない。

上京するまでの淳子さんは、母親もかつて通った浜松の中高一貫の女子校に6年間、毎朝父親の車で送られた。学校が父の経営する工場の途中にあったのだ。思春期の女の子だ。友達の手前、本当は嫌だったが断ると父親が悲しむのでずっと我慢した。それでも成長と共に車は校門から少しずつ離れて止まり、そこから歩いて通学したという。

もっと小さな子供の頃、初めて自転車に乗れるようになると、町内の角と角に両親が立ってガードし、10メートルほどを行ったり来たり、ただ往復していた。成人して車の免許を取り、いざ車庫から家の車を出そうとする。今度はおばあちゃんとお母さんが手をつないで車の前に立ちはだかって行く手を阻む。結局、免許は取ったものの一度も運転はしたことがない。洋服もデパートの外商部で買う以外は、馴染みの仕立屋さんのオーダー。田舎の仕立屋さんのセンスだ、そのデザインに子供が喜ぶ可愛らしさはなく、着るのは嫌だったが、これも言い出せなかったという。

いわば、言葉通りの地方都市の箱入り娘として育ったことになる。

現在のようにインターネットなどない。まだ都会と地方都市では情報にも格差があった時代だ。学校では、同級生と一緒にグループサウンズのタイガースに歓声を上げる一方で、家では密かに『月刊大相撲』を愛読して貴乃花（無論、先代です）を応援するという少し変わった女子高生だった。年間の全取り組みと決まり手を記憶していたというから、いまなら立派なオタクだ。

一方、僕の方はどうであったか。生まれたのは淳子さんと同じく静岡県の清水市だったがすぐに横浜に引越し、自動車メーカーに勤務する典型的な中産階級のサラリーマン家庭で育った。2歳ずつ年の離れた姉ふたりの末っ子の男の子。加えて少々ひ弱な小児喘息のお母さん子。この家庭環境を見ても、どれほど甘やかされて育ったか想像できるだろう。

実際、大学3年の時には、就職面接のためにスーツが必要と親をだまして金を出させ、ここにバイト代をかき集め、友達からも借り倒し、その金を手にメキシコに渡ってヒッピー生活を送っていた。日本が貧しい時代だ。現在のように学生が卒業旅行で海外に行くなど、想像もできなかった時代。1ドルも360円の固定相場。外貨持ち出しは500ドルに制限されていた。それでも、往復航空券さえあればなんとかなるような、世界中が学生とか若者に対して懐深く寛容な、つまり余裕のある時代だったのだ。

「メキシコの奥地の山に、男性が一度入ると二度と出て来られない、女性だけが暮らす村があるから行ってみろ」。そんな笑い話に誘われて山間の村を目指したくらいだから、いまどきの自分探しなどとは無縁な、いい加減な旅だ。暮らしぶりも日本にいる時と一緒で、毎日、朝までテキーラを飲んだ記憶しかない。ここでも飲み代を払ったことは稀で、日本人を珍しがって村の誰かが必ず奢《おご》ってくれた。ちなみに、村の住人は女性だけなどということはなかった。現在ではやや逆転してしまったが、この頃の日本は未だ貧しく、メキシコの方が遙かに街並みは美しく整い、暮らしぶりも豊かに見えた。


メキシコから帰国後は、肩までたらした長い髪も、伸ばし放題のヒゲも切って大学に戻り、雑誌社でライターをしながら、5年かかって一応大学も卒業はする。

ただし、ライターという仕事に、はっきりとした夢や目標があるわけではなく、自分を信じ切れるほどの才能もセンスもない。だからといって地道な努力をする誠実さにも欠けている。自分でもそんな性格は薄々気づいてもいる。こればかりはいつの時代の若者にも共通する、か細い自尊心と未熟さだったと、いまならすぐに分かったろう。

――*――

凍てつく車

別荘に着いたその夜、淳子さんが風呂に入るというので、一緒に湯船に浸かる。

昔から一緒に風呂に入りながら、とりとめもない話をした。読んだ本の話、テレビ番組の悪口、新しい企画のアイデア。たいがいは僕が話し、淳子さんはいつも聞き役だった気がする。このために、青山の家には大型のジェットバスを入れたくらいだ。泡の吹き出るジェットバスの機能はすぐに飽きて使わなくなったが、僕はこういう無駄なオモチャをいつも欲しがる。淳子さんは、どうせすぐに飽きることは分かっていても、特に反対はしない。

僕は面倒臭がり屋だから、体をバスタブに入れたまま頭だけバスタブの外に出して洗うと、淳子さんがシャワーで頭を流してくれる。それでなくとも女性はスキンケアからヘアパックまで風呂場でやることが多いことは知っている。一緒に風呂に入ると余分な時間がかかるから、本当はひとりでせいせいと入りたかったかもしれない。……と、いまこれを書きながら、なんと甘ったれな夫であったかと思う。

八ヶ岳の風呂。建物と同じように、この風呂も無駄に大きい。浴槽はＦＲＰ（繊維強化プラスチック）だが、浴室は全面が無垢《むく》材だから爽やかな木の香りがする。もたれかかる淳子さんの体を後ろからそっと抱きかかえる。会話は弾まない。無言のまま改めてその背中を見る。シミも傷もない滑らかできめの細かい白い肌。口には出さないが、内心では本人も色の白さと肌の美しさは自慢でもあっただろう。洗濯物をベランダに干す時ですら、必ず日焼け止めを塗っていた。昔から夏には日傘を手放さず、その古風な風情がとても似合っていた。

手でお湯をすくうと淳子さんの肩に掛ける。たらたらと落ちるお湯はその肌に弾かれ、流れ落ちる。何も変わらない。がん細胞がこの体のどこかにあり、淳子さんを蝕んでいるという実感がまったくない。レントゲン写真、血液検査の数値。そこにがん細胞があるということは頭では理解できる。日々、食欲が落ち、背中に痛みも感じ、動きや言葉から少しずつ快活さが失われているのも確かだろう。余命3か月程度というのも間違いないことなのかもしれない。それでも以前となんら変わらずに見えるその体は、柔らかく温かく、病気ということがどうしても信じられない。

頭では理解できても実感が湧かない。喩《たと》えて言うなら、科学的な真実と日常の実感の乖離《かいり》だ。地球は丸い。地球は太陽の周りを回っている。だがそんなことを意識して日常生活を送る者はいない。同じことを医療にも感じる。それが統計から導き出された科学的な真実だということを疑っているわけではない。CTの画像や、血液検査の数値の意味を信じないわけではない。頭では納得している。でも、心はどうしても納得できない。この、頭と心の隔たりがどんどん離れていくような状態はその後、淳子さんが亡くなるまで、いや、その後ですら長く続く。

それは多分、僕たちが世界を数字で理解しているのではなく、どこまでも五感で、手触りや耳に届く優しい囁き、目に見える光の交差、舌先の味わいや鼻先に漂う微かな香りで理解しているためだろう。淳子さんが余命を宣告された途端、世界の見え方も変わる。世界はそこにある。でも、その世界は常に薄い膜を一枚被っていて、まったく実感がない。五感のない世界。世界は見えている。でも手を伸ばしても触れることができない、温度も感じない。匂いも味も感じない（実際、淳子さんを亡くしてから、僕の体は五感そのものをしばらくの間、失っていきます）。しかもそれが、正常な範囲を逸脱したものだとは、最初のうちは気づかないでいた。

翌朝。病院に行く予約の時間は9時頃だっただろうか。淳子さんは薪ストーブの前の大きなテーブルの上に化粧ポーチを取り出している。

ぼんやりと待ちくたびれて「車、暖めとくね」と、珈琲だけ飲んで先に玄関を出た。家の前の道路脇、屋根のない駐車スペース。車の上には一晩で20センチほどの雪が分厚い羽毛布団のように積もっていた。車の上の雪を落とし、古いメルセデスの鍵を開け、ドアを開こうとする。鍵を回し、手をかけ、引く。が、ビクとも動かない。ガチャ、ガチャとドアノブを何度も引くうちに、頭に血が昇っていくのが分かる。ドクドクドクと、動悸が激しくなっていく。慌てて家に戻って、僕は、思わず怒鳴っていた。

「車のドアが開かない！　凍っちゃって……。時間が。予約時間に間に合わない！」

パニックになっていることは、自分自身でも分かっていた。でも気持ちが舞い上がり、落ち着かなければと思えば思うほど、抑えきれない。ワンコたちも何事かと不安げな声でワンワンと吠えたてる。

「そうだお湯……」と、台所のやかんに水を入れコンロにかける。

「遅れたっていいんだから。車が動かなかったらタクシー呼べばいいんだからね」

と、淳子さんも座ったまま慌てた声をかける。

「お湯かければ大丈夫だと思うから」

やかんのお湯が沸騰する頃、ようやく呼吸も落ち着いてきた。

車にお湯をかけると、ドアはなんの問題もなく開いた。いつの間に玄関から出ていたのだろう。淳子さんはすでに身支度を調えて、後ろに立って待っていた。車に乗り込み、恐るおそるキーを回すと、エンジンは無事にかかる。

「ゆっくり行けばいいからね。慌てて事故起こしたらダメだからね」

助手席に座った淳子さんがもう一度念を押すように言う。ところが、走り出そうとして今度は助手席側のワイパーが動かない。山の天気は本当に気まぐれだ。さっきまで青空を見せていたのに、突然の雪雲と共に、激しい風が地表に積もった雪を舞い上げ、横殴りに吹き付けてくる。ワイパーが動く側のフロントウインドーも、雪を吹き払っても、再び雪が付いて曇りガラスのように視界を遮る。

「落ち着いて！　大丈夫だから。慌てないの！」

ハンドルにかけたまま震えている僕の手を、淳子さんは両手で抱え込むように握った。

その手の冷たさに、ハッとした。車を出すのに手間取って雪の中に待たせていたためだろう。淳子さんの体は冷え切っていた。

「うん……。ああ……。ごめん。もう大丈夫だから本当にごめん」

しっかりしなきゃ。落ち着かなきゃ。何度も何度も自分にそう念じて病院に向かって走り始めた。情けなくて涙が出そうだった。

―＊―

【「神田川」の世界】

淳子さんはゼミの後輩だった。僕はメキシコから大学に戻ってしばらく経った23歳の5年生。淳子さんは2年生。現役で入学しているから20歳くらいだったことになる。

普通ならこんな時、ふたりはどこでどう出会い、どこに惹かれ、どんな言葉で告白し、最初のデートは、初めてのキスは……という初々しい思い出があるはずだが、少なくとも僕の方はまったく覚えていない。気がついたら淳子さんの6畳の部屋に転がり込んで一緒に生活していた。時代背景から説明したのは、そんな時代だからこその出会いだったと言いたかったためだ。

南こうせつの『神田川』そのままの世界。部屋に風呂などなく、電話もない。これはどの学生にも共通することで、実家の豊かさとは無縁だ。家がどんなにお金持ちでも、学生のくせに電話や風呂付きの部屋に住んでいるというのは、かなり贅沢で甘えた生活とむしろ周囲に嗤《わら》われた。服装にしても、男子ならGパン一本、スニーカー一足。誰もがそうだから、自分が貧しいとか豊かだとか考えもしない。ちなみに僕の部屋も、家賃1万7千円、6畳一間の風呂なしトイレ共同という木造アパート。隣とは薄壁一枚で隔てただけで、隣人の気配はもちろん、壁の穴から光も漏れ出る江戸の長屋さながらの部屋だった。

淳子さんの部屋も、大家さんの家の2階部分に外階段を付けた間借りの6畳間。室内に小さなキッチンは付いていたが、トイレは共同。2階には3部屋あり、3部屋とも貸間で、やはり立教大学の女子大生がふたり下宿していた。いまならさながらシェアハウスということになるのだろうか。誰かの部屋に集まっては一緒によく鍋などもした。

淳子さんの部屋に最初に行った時「この子、少し変わっているな」と、思った記憶がある。本棚だ。ゼミではほとんど自分からは口を開かず、明らかに気配を消していたが、その部屋のカラーボックスにあったのは、深沢七郎だった。『楢山節考《ならやまぶしこう》』から『東北の神武』まで、文庫本だったが、ほぼ全作品が揃っていた。これがなぜ変わっているのか。これも、いまの若い人に説明するには少々難しいのだが。

それが本でなくとも「そこにあるのにふさわしい違和感のない自然なもの」というのがある。たとえばこの時代でなくとも、女の子の部屋なら料理雑誌の2、3冊。小説なら女流作家が少々、それに時代の流行作家の小説。いまなら村上春樹だろうか。これに比べ、深沢七郎のおどろおどろしいまでの土着性は、どう見ても若い女の子には似合わなかったのだ。

言い訳のようだが、そんな淳子さんとの出会いの経緯を覚えていないのにはわけがある。出会った頃、僕は一週間のうち半分くらいは飲んだくれて夜の街を朝まで彷徨っていた。学校の講義に出るのは、飲みに行く相手を探すため。携帯電話はもちろん、部屋に電話などないので、互いの連絡は直接相手のアパートを訪ねるか、学校に行く方が早かったのだ。当時の学生はみんなそんなものだった気がする。酒代が足りなくなるとウオッカや焼酎を一気飲みしてから全力疾走して酔いを回す。そんな馬鹿な飲み方が武勇伝になるような貧しい時代だったのだ。

それでも人生のどの時期に比べても本を読み、映画も見ていた気がする。土曜日には池袋の文芸坐《ぶんげいざ》でオールナイトを見て、誰かの下宿に転がり込んで眠る。飲み代でも飯代でも誰か、バイトで金が入ったヤツが払うのが当然で、奢る方も奢られる方もどこかそれが普通と思っていたところがあった。いわば貧しさの共和制だ。

淳子さんは仕送りの他に家庭教師のアルバイトもしていたから、ふたりで酒を飲む時はほとんど淳子さんが支払いをしていたと思う。いまの若い女性が聞けば「サイテー」と叱られそうだが、奢る淳子さんの方も、それにたかる僕の方も、あまり違和感はなかった気がする。無論、高い店に行けるわけではない。普通に席に着き、メニューを選んで店員さんに注文を頼むような安居酒屋ですら、僕たちにとっては高級店だった。

ちなみに、よく行ったのはこんな店だ。営業中は夏でも冬でも開け放されたガラス引き戸の入り口。その幅は4、5メートルほどで、暖簾《のれん》こそあるが直接道路に面し外との境がない。ガランと広い店内には凸凹に反り返って傷だらけの長机。机の前はギシギシと音のするベンチ席だ。壁際には日本酒や焼酎の販売機がずらりと並び、何枚かの百円玉を投入すると1合だけ酒が出てくる。酒の隣のショーケースには1皿百円のお惣菜。客は勝手につまみやご飯を選び、席に運んで飲食する。いわば酒場と定食屋の中間の安い店だ。客も長靴に作業着のオジサンばかりで、お洒落とかグルメとかとは無縁な店だった。僕にとっては日常だったが、淳子さんには目新しかったのかもしれない。手首まで入れ墨を入れたヤクザ者を前にふたりで奢られたり、酔っ払った土木作業員ふうの年寄りにグズグズと説教をされたり、そこでの出会いも淳子さんには新鮮だったろう。

ただしこれも、後に淳子さんに言われたことだが……。「ちゃんとお洒落な店でデートをして、男の子からブランド品をプレゼントされるような子もたくさんいたんだから」と笑われたことがある。しかし、淳子さんの性格がそんなことを面白がるとはとても思えない。心のどこかではちゃんとしたデートやブランド品のプレゼントを贈る男の子を間抜けなヤツと鼻で笑う、少し意地悪なところもあった。

繁華街に出て、黄昏《たそがれ》時に光るネオンを見る時のわくわく感は、僕がただ酒好きなノンベイだからというだけではなく、時代そのものの高揚感の名残もあったろう。飲みに出れば街では必ず何か事件が起こった時代。ゲームもパソコンも携帯電話もない時代の若者にとっては、街が自分たちの居場所だったのだ。

いまでも忘れられないシーンがある。池袋にロマンス通りという繁華街がある。ここで酔っぱらい同士4、5人が大乱闘になった。遠巻きに後ろの方から野次馬となって見学していた時だ。手足を掴まれた男が勢いをつけて高さ2、3メートルもあるガラスのショーウインドーに投げ込まれた。喧嘩の風景には慣れていたが、さすがにこれには驚いた。人が宙を舞いガラスがバシャンッと木っ端微塵に弾け飛んで血だらけになるのを見たのは、あれが最初で最後だ。この頃はまだ酒も飲んでいた淳子さんと、そんな街を何をするでもなく酔っ払って歩くだけで、刺激的で楽しい時代だったのだ。

―＊―

諏訪中央病院

諏訪中央病院は普通の公立病院と少し異なり、茅野《ちの》市、原村、諏訪市による組合病院だ。このことから分かるように、設立当初から地域のための総合病院という位置づけにあった。今井澄《きよし》氏や鎌田實氏も、全共闘世代の医師として、地域医療への理想をここで実現しようとして全国的にもよく知られていた。早くから緩和ケアや終末期医療にも取り組んでいる。何より、この病院は蓼科の別荘からも車で30分ほどと近かった。東京女子医大病院で受け取ったCTの写真、血液検査の結果などカルテの入ったCDを地域医療連携室に渡す。病院にそんな部署があるとは知らなかった。医療連携という名の通り、医療機関との連絡窓口だ。患者の受け入れはもちろん、介護や経済的な相談をはじめ、患者と家族のもろもろの相談に乗る部署のようだ。ここを通じ、担当医にはすでに連絡が行っていたのだろう。予約時間に、すぐ診察室に向かう。

「東京での診断は間違いです。大丈夫です。治ります」

奇跡なんか信じない。そう言いながら、心のどこかにはまだそんな言葉が出るのではないかと期待していたのは確かだ。だからドクター・ショッピングをする患者の気持ちは痛いほど分かる。

「大丈夫」。人は誰かにそう言ってもらいたいのだ。この意味で患者の気持ちは科学的な冷静さとは正反対のところにある。１００人の医師のうち99人までダメと言っても、残る１人が「大丈夫」と言ってくれれば、科学的根拠などないと理性では分かっていても、その言葉にすがりつきたくなる。

記憶は曖昧だが、この諏訪中央病院の診察室のドアは、都心の病院のような大がかりな冷淡さはなかった気がする。診察室だけではない。40代前半だろうか、若い男性医師は白衣ではなく、Gパンにセーター姿だった。その、セーターの首回りや袖回りが少々くたびれているのが微笑ましく、人柄の温かさを感じさせた。ここでも積極的な治療はしない。最後は浜松の家で迎えたいという希望を告げる。

医師は、一通り僕たちの話を聞くと、穏やかな口調で言った。

「……抗がん剤を１クールだけでも試してみてはどうでしょう。副作用が激しいとか、効果が現れない時は中断すればいいいですし」

この時の抗がん剤の1クールは2週間。反応と効果を見ながら2週間ごとに抗がん剤を使うようだ。ただし、抗がん剤は劇薬だ。副作用として強い吐き気や脱毛が起こることは知っていた。淳子さんは一瞬迷った顔で僕を見た。

その顔を見た時、僕の中に初めて後悔の気持ちが湧き上がった。淳子さんは、がんを告知されて以来、僕に対してはなんの逡巡《しゅんじゅん》もなくいろいろなことをひとりで決め、指示してきた。僕はずっとそんな淳子さんに子供のように従ってきただけだ。でも、本当は違う。淳子さんだって迷っていたはずだ。「どうしよう。心配だ。不安でしょうがない」。僕にそう話し、大声で一緒に泣き、さまざまな思いを吹き出させたかったはずだ。それをしなかったのは、僕が頼りにならぬせいもあるだろう。ただ、今回のような状況でなくとも、淳子さんは、自分をさらけ出し、自分の悩みや苦しみを誰かに打ち明けるような性格ではない。どんなことも自分ひとりで決め、自分ひとりで解決してきた。僕は、そんな強さにずっとただ甘えてきたのかもしれない。

諏訪中央病院で病状を観察しながら、できるだけ長くふたりだけで蓼科で過ごす。漠然とそう決めていただけで、その間に何をするか、まったく考えていないことに気づいた。

「抗がん剤、一応やってみようか……」と、僕が言うと、

「じゃあ……」と淳子さんも頷く。

正直に言うと――ずいぶん矛盾した話ではあるが――この時、ふたりとも抗がん剤治療に期待を持っていたわけではない。かすかな希望すら抱いていなかったと思う。膵臓がんステージⅣｂ。医学的には期待できる治療手段はないとされている状態。そんな中で抗がん剤の治療効果を信じることは、世の中に奇跡の存在を信じるという意味に近い（無論、当時から10年以上たった現在の医療では、膵臓がん治療も昔より遥かに進んでいます）。僕はともかく、不合理な奇跡を信じる姿勢は、淳子さんの冷静さには似合わない。

では、なぜそれでも抗がん剤治療をすることにしたか。ならば最初から女子医大で受ければよかったのではないか。振り返ってみると、東京にいる時はショックのあまり立ち止まって考える余裕もなかった気がする。淳子さんのがん告知から1週間ほどが経ったことで、少しだけ冷静さが戻ったのかもしれない。冷静さといいながら効果を期待しない抗がん剤治療を受けるのは矛盾している。しかし、冷静になったからこそ生まれる感情もある。何もしないことに耐えられなかったのだ。

人が本当に耐えられないのは、苦しみそのものではない。苦しみに対し何もできない。

何も戦う手段がない。一番耐えられないのは、そんな己の無力感なのだ。

抗がん剤治療をするにしても、やはり検査入院は一晩必要ということになった。治療方針の一通りの説明が終わって、世間話になった時だ。この若い先生が僕の『ソムリエ』というワイン漫画を知っていることが分かった。漫画も読みテレビドラマも見てくれたことがあるようだ。この時の安堵感をどう説明したらいいだろう。さながら迷子になった真っ暗な夜道で偶然声をかけられ、振り返ったら自分を知る人と出会った。そんな不思議な気分だった。多分、どんながん患者もその家族も、とても心細く暗闇の中で彷徨う不安な状態にいるのだと、いまさらながらに感じた。

―＊―

【信州はどこにいても山】

淳子さんと付き合いだして、しばらくした頃だ。唯一覚えている旅行がある。ふたりだけでの初めての旅行。季節は秋だったろうか。旅行といっても、僕のことだから行き当たりばったり。新宿で飲んだ勢いで、このままどこかに行こうということになった。新宿駅から中央本線の夜行列車に乗って信州に向かう。後にそこで生活することになるとは夢にも思ってもいなかったが、なぜ信州だったのか。多分、夜行列車の時間がちょうどよかっただけだったと思う。

4人がけのボックスシート。古めかしい車内はガラガラだ。ふたりで靴を脱ぎ、足を向こう側のシートに乗せ、腕を組んで体を寄せ合って眠る。どこの駅だっただろう。松本に向かったので乗り換えは塩尻《しおじり》駅だっただろうか。次の列車までの時間つぶしに駅を出て商店街を歩いていると、寒いから洋品店で上着を買いたいと淳子さんが言う。この時、淳子さんはGパンにブラウス姿だっただろうか。僕が裸足のサンダル履きだったのは覚えているが、いずれにしろふたりとも軽装だった。この時、淳子さんが店で選んだのはジーンズ生地のジャケット。いわゆるGジャンだった。試着室に入り、しばらくしてザッとカーテンを開ける。

「こういうカッコをしてみたかったの。変じゃないかな?」満面の笑みを浮かべ、嬉しそうに聞く。

「いや、別に変じゃないよ」と、答えたものの、その上下のジーンズ姿は、色白な和風の顔にはまったく似合わなかった。はしゃいだ子供のように上下のジーンズ姿を鏡に映す姿を見て、思った。淳子さんが本当に着替えたかったのは洋服だけではなかったのだろう。生まれてからずっと押しつけられてきた「良い娘」という生き方だったに違いない。ただし、しばらくしてこれを着て新幹線で帰省したら、おばあさんが「そんな作業着で新幹線に」と絶句したそうだ。そんな時代だったのだ。

ちなみに、これを誰かに言うといつも信じてもらえないが……。先に惚れたのはどうも淳子さんの方だったようだ。いまから思えばそれは、世間知らずな地方育ちのお嬢さんが、都会に出て少し軟派でやんちゃな男の子に惚れるという、ドラマとしては少々ありきたりな話だったのかもしれない。

この旅行でどんな話をしたか、松本でどこか観光に行ったかもよく覚えていない。松本城へは行った気がするが、この記憶もあやふやだ。どこへ行っても、夕方になれば酒場を彷徨う。この時も生まれて初めて食べた馬刺しと焼酎が美味しかったことくらいしか記憶にない。唯一まともな思い出は、山頂に冠雪をいだいた八ヶ岳の山並みだろうか。駅前のビジネスホテルに泊まって開いた窓の先。誰が言った言葉だったろう。

「信州は、どこにいても山が窓一杯に広がって、とても近くに見える」

「信州は、どこにいても山」というのは場所だけの話ではない。時間も超える。あの日、ホテルから見た信州の山並みは、30年後に諏訪中央病院の病室の窓から見ることになる山々とまったく同じ風景だった。

――＊――

しずり雪

諏訪中央病院での診察後、数日して入院のため再び病院に向かう。比較的低層な病院建物は、継ぎ足し継ぎ足しで拡張してきたのか、女子医大病院のような統一感のある近代建築ではない。逆に言うなら、そこで働く医師や看護師、スタッフの人たちと同じように、どこか素朴な手作り感がむしろ患者を和ませているのが分かる。近代的な大病院特有の少しギスギスとした冷たい空気がないのだ。

病室は広々とした個室だったが、料金は東京ほどではなかった。東京女子医大のように入院のための保証人なども不要だ。この病室は建て増し部分なのか、内装も新しく大きな窓には開放感がある。淳子さんは、夜の病院食を少しだけ食べ、僕が買ってきたテレビのプリペイドカードを差し込んでスイッチを入れてニュースを見ると、ふたりとも、もうすることがない。

入り口の扉が開く。担当の先生から、医学生に診察の様子などを見学させてもかまわないかと聞かれる。「どうぞ」と淳子さんは平然と答える。

しばらくして、4、5人の若い学生たちが、病室に入ってくる。全員が堅い表情で押し黙り、いまにも後ずさりしそうに逃げ腰に見えた。

（診察見学というより、死にゆく終末期がん患者の見学というわけか）と、内心僕はムッと押し黙る。ところが淳子さんはまったく気にする様子もなく、担当の先生と笑いながら世間話などしている。

学生たちが出て行くと、病室は急に静けさを取り戻した。ふたり残され、お互い黙りがちになる。

「じゃぁ明日、検査が終わった頃に来るね」

「えっ、帰っちゃうの？　ベッドもあるのに。付き添いの人も泊まっていってもいいんだってよ」

淳子さんが驚いて言った。確かに病室には付き添い用の予備のベッドもあった。折りたたみの簡易ベッドなどではなく、広さも十分なベッドだ。

「いや……ワンコたちいるし」

「何言ってるの、一晩くらい大丈夫よ」

「でも……やっぱ帰る。明日、早めに来るから」

「え〜。せっかく山もキレイなのになぁ」

大きな窓一面に、雪を被った八ヶ岳が夕焼けに染まり、美しく広がっていた。この時は、それが大昔、松本で初めて見た八ヶ岳だったとは、まったく思い出す余裕はなかったが……。なぜ淳子さんがあんなに言うのに、病室に泊まらなかったのか。この時はまだ、自分の気持ちがよく分からないでいた。

しかし別荘に戻り、ひとりになると、今度はひとりで戻ってきたことを後悔した。散歩に行く気力はないのでワンコたちをベランダに出し、自分はあり合わせのものを食べると、グラスにウイスキーをたっぷり注いで薪ストーブの前のソファーに座る。氷を入れる余裕もない。ストレートのウイスキーを一気にあおる。

何も考えられない。頭が空っぽになって考えられないのではなく、むしろ逆だ。いろいろな言葉が、景色が、淳子さんの些細な動きのひとつひとつが映像となり、ぎゅうぎゅうに押し込まれて頭の中を占めて、身動きがとれなくなって固まっている。夕食のスプーンを運ぶ淳子さんの口元。担当の先生と世間話で笑うその目元。食べ終わったトレーを僕に渡すその手。いつも通りのゆったりとしたその口調——。

再びウイスキーを注いで２杯目を作り、導眠剤を一緒に流し込み、無理矢理ベッドに入る。眠れない。しばらくして、激しい音が暗闇に響き、驚きで心臓が飛び出しそうになる。

「しずり雪」という言葉をご存じだろうか。枝や屋根などに降り積もった雪が耐えに耐え、限界を越えた時に、一気に滑り落ちる大きな雪塊のことだ。言葉は優雅だが、実際にその音を聞くと、緊張で体が固まるだろう。ズズズッッ、ドスン。……ドドドッツ、ドスン。都会とは違い、あたりはしんと静まり返った真っ暗な山だ。月や星がなければ自分の指先さえも見えないほどの漆黒の闇。その中で響く音は凶暴で禍々《まがまが》しく、自然の前ではお前など米粒のように無力な存在なのだぞと脅してくる。部屋は暖まって20度はあるのに、布団の中でもガタガタと体の震えはおさまらなかった。仕方なく起き出してパソコンを起動してディスプレーに向かう。

この頃、漫画の連載は月に2、3本。バー漫画の『バーテンダー』。『ソムリエ』が終了してから新たに始めた『ソムリエール』というワイン漫画。他に読み切りの月イチ連載もあっただろうか。担当編集者にも淳子さんのことは一切話していない。どれも長い連載である。あまりに急で、代替え原稿の差し替えが必要なほど切迫した休載でなければ「ちょっと次は休ませて」と言えば、トラブルにはならない。仮に「著者の家庭内で何かあったのかな」と訝《いぶか》っても、こちらから話さぬ限り、事情は聞いてこないのが普通だ。絶対に間に合わないと分かって休載を頼んだこともあるが、基本的に連載は続けていた。

この時はなぜ仕事など続けていたのか、続けられたのか、原稿が書けたのか、自分ですらよく分からないでいた。仕事場の椅子に座り、書きかけの原作のフォルダーを開くと、この日はさすがに何もできなかった。

――＊――

【別れ】

いつまでたっても大人になれず、関係にも責任を取ろうとしない男の子を見限るのは女の子の常だ。

いまなら東京の大学に進学したら、卒業後もそのまま東京に残って就職ということも多いだろうが、僕たちの頃は男女を問わず、故郷に戻る学生も少なくなかった。特に女子の場合は、家に戻ることを親が強く望む。まだお見合い結婚の話も持ち込まれるような時代だった。さすがに淳子さんは、お見合い話だけは頑として受け入れなかったようだが、卒業後は浜松に戻って父親の会社の親会社にあたる大企業に就職する。

僕の方はどうなったか。大学時代と同じ生活を卒業後もしていた。フリーの雑誌記者として、地方取材に行った帰りなどに、浜松の淳子さんの実家に寄ったことも何度かある。それでもお互い、結婚という次の一歩に踏み出すにはやはり若すぎたのだろう。淳子さんは会社勤めで、僕は新米ライターとしての仕事で、まったく新しい世界に踏み出したばかりだ。大学生の頃とは接する世界が大きく変わる。それでもしばらくは毎日のように電話をかけ、時折はお互いを訪ね合う。東京と浜松の中間あたり――確か熱海だったろうか――で落ち合って一泊旅行をしたこともあった。しかしやがて、段々と相手に話せない新しい出会いも増えていく。女性の場合は特に顕著だ。就職してみれば、周りにいる男性はとても大人で学生の頃の恋愛など、やはり子供じみて思えるのが普通だろう。

どんな恋愛も、始まりの頃はとりとめもない話題で1時間、2時間と電話ができる。内容が問題なのではない。好きな相手と電話で同じ時間を共有している。そのことだけで幸福なのだ。終わる恋愛は逆だ。無理に話題を探すが、会話は弾まず黙りがち。どこかに行こうと誘っても、いろいろな言い訳で延期される。少しずつよそよそしくなっていく。これもまた、遠距離恋愛が辿る普通の流れだったと思う。いつの間にか不機嫌な沈黙の時間ばかりが増えていき、やがて互いに電話も苦痛になっていった。

淳子さんが結婚をしたと友達づてに知ったのは、音信が途絶えて1年ほどした頃だっただろうか。ため息のような奇妙な感慨が湧いたが、悲しさとは少し違う「完全に終わっちゃったな」という思いだった。それまでは、ニュースなどで浜松という地名や淳子さんが勤めている企業の名前が出ると、かすかな心のざわつきもあった。新幹線で西に取材に向かい、浜松駅を通過して浜名湖が見えると、この街のどこかに淳子さんがいるんだなと、しばらく車窓を眺めたりもしたが、そんな感傷の振幅もやがて収まっていった。

そして3年。20代後半の3年間だ。毎日経験したことがないことが起こり、世界が広がっていく実感がある年代だ。僕自身、ライターとして何冊か単行本も出版し、沖縄で1年近く生活するなど、生活に大きな変化もあった。新しい出会いと別れ。結婚直前まで話が進んだ相手もいた。

そんな中で淳子さんは、記憶の箱に収まりを見つけ、ただ少しの懐かしさだけに包まれた存在になっていった。

——＊——

トマトの味

抗がん剤の治療が始まった。点滴投与で、1時間ほどかかる。淳子さんは2台並んだ処置室のベッドのひとつに横たわり、眼を閉じている。最初のうちこそ僕もベッドの横の椅子に座って、本を開いたりしていた。

「点滴が終わるまでずっとここで待ってなくてもいいよ」

目を閉じたまま淳子さんが言う。淳子さんも疲れて眠いのかもしれない。僕がそばにいることが返って負担に見えた。

「じゃ、昼飯食べて、点滴が終わった頃に戻って来るね」

「何か美味しいもの食べてきて」と、目を閉じたまま笑って言った。

最初は病院の食堂で食べるつもりだったが、敷地を出て茅野駅の方と思われる方向に向かって歩き出す。途中、定食屋くらいあるだろうとあてもなく坂を下る。やがて道の両側に畑が広がり、むしろ人家はどんどん少なくなっていく。道路の両側に広がる畑は所々に黒い土を見せ、溶け出した雪と混じってぬかるんでいる。別荘地に比べ、ずいぶんと標高が低くなっていることが分かる。雪国を経験したことのある方ならご存じだろう。均一に白く深く積もった一面の雪景色は、どこか清廉《せいれん》で神々しささえ感じる。ところが、雪が少し溶け出し、地表が黒く現れた風景は、惨めで情けないほどにみすぼらしく、悲しげだ。黙々と、そのまま歩く。あたりの風景のせいか、気分も少しずつ落ち込んでいった。一本道のずいぶん先にラーメン屋とおぼしき派手な看板を見つけ、そこを目指した。建て付けの悪いガラスの引き戸を開ける。昼時を過ぎているためなのか、いつもそうなのか、カウンターに客はいない。

「チャーシュー麺」

と、頼んで時間が過ぎる。ひとりになると、眠れぬ夜と同じようにいろいろな淳子さんの表情が、声が、所作のひとつひとつが脈絡なく頭に積み重なり、また身動きがとれなくなる。いつの間に来たのだろう。気づけば、眼の前のチャーシュー麺はすでに冷め始めていた。突然、何か不安になり、慌ててラーメンをすする。店を出て必死に病院を目指した。ところが、来た時はまったく感じなかったのに、坂は意外に急で足が滑ってもつれ、いっそうもたつく。気持ちだけは焦り、病院の建物が見えた時には駆け出していた。息せき切って治療室のカーテンをバッと開く。

「どうしたの?」

息を荒げ、ただならぬ様子の僕を見て淳子さんは驚いた。

「いや……別に。病院の外でラーメン食べてきた。坂、下りて遠くまで行ったのに全然マズイでやんの」

僕は、笑顔でそう答えていた。不思議だった。一緒にいれば特に話もなく、互いにぼんやりとしているのに、少しでも離れてひとりになると、淳子さんのことで頭がいっぱいになり、不安で不安でならなかった。


この山の別荘での滞在中、食べ物のことで忘れられない出来事がひとつある。つまらない、どうでもいいことなのに、苦い思い出としていまでも脳裏に浮かぶ。それは抗がん剤を打って、別荘に戻り数日した頃だったろうか。淳子さんの体調は明らかに落ちていった。抗がん剤の副作用に吐き気があることはよく知られている。吐き気止めの薬も飲んでいたが、食欲は以前にも増して減少し、夕食は素うどんを半分程度しか口にしない。体重は冬のコートを着ても50キロほどに痩せていた。

ある日、淳子さんが頼んだのだろう。宅配便で小さな菓子折サイズの荷物が届く。開けると小ぶりの塩トマトが10個きれいに並んでいる。何気なく伝票を見て驚いて、思わず声が出た。

「わお〜。これで3千円プラス送料だってさ。こんな小さいのに1個300円⁉　高っけ〜」と、僕が何気なくそう言った時だ。

「トマトぐらいいいじゃん！」

驚くほど強い口調で淳子さんは叫んだ。その口調は冗談で返すには重すぎた。僕は突然のことに呆然となり、トマトの箱を手にしたまま、淳子さんを見つめて固まった。

「……トマトぐらい」と、その後に続けた淳子さんの言葉がかすかに震えている。

「いや……あの……」

僕は口ごもる。淳子さんは強く口を結ぶと押し黙って動かない。その口元もわずかに震えているように見えた。

（泣かないで。頼むから泣かないで）

僕は心の中でそうつぶやき続けながら、たじろいで動けない。少しでも動いたら、何かひと言でも声をかけたら、淳子さんが泣き出すのではないか。ふたりの間の空気が固まってパラパラと崩れ落ちていくのが見えるようだった。

実際は1秒2秒のことだろう。それが永遠のような沈黙に思えた。しばらくして、淳子さんは溜めていた——多分、僕には打ち明けないさまざまな葛藤や思い、その中には死への恐怖も不安もあったはずだ——と、共に息をゆっくりと吐き出した。呼吸を整え、顔を上げ、口調を穏やかに戻すと、何事もなかったかのように笑いながら言った。

「一緒に食べようか」

「うん……。洗ってくる」

頭の先がツンととがった小さなトマトを2つ。4つ切りにして皿の上に乗せる。

淳子さんはそれまでの張り詰めた空気などなかったかのように、一口食べると「すごい甘いよね。知ってる？　トマトの旬って本当は冬なんだってさ」と笑顔を浮かべた。僕は、唾液が乾いて固まり、口がうまく開けず、うなだれたままようやく「……うん」と、答える。そのトマトは何の味もしなかった。


がんを告知されてからも、青山にいる頃はまだ普通の食事が摂れていた。といっても、僕が作る酒のつまみを少々とご飯。ナチュラルハウスや紀ノ国屋で買ってきた幕の内弁当なら半分ほど。それが八ヶ岳に来てからは食欲も日々落ちていった。だからこそトマトひとつで、考えもなくつまらぬことを言ったのが、悔やまれてならない。

その電話は後に何度思い返しても、おかしくて笑ってしまう。

――＊――

【再会】

いつものように酒が抜けぬ二日酔いの遅い午後だ。ベルの音に寝ぼけたままベッドから転げ落ちるようにして、床の黒電話の受話器を掴む。こんな時間の電話は原稿の不備とかトラブルの知らせが多い。「はい」と、最初から不機嫌な声になる。現在のように携帯電話ではないので相手は分からない。

「あの……◯◯と申しますが」

「えっ誰？」◯◯という名前に覚えがない。

「淳子です。△△淳子です」と、ここでようやく僕が知る旧姓を告げる。

その懐かしい声に一気に目が覚める。一瞬、息が止まる。起こっていることが自分でも信じられなかった。

「あの〜。東京に戻りたいって思うんですけど、いいですか？」

その、のんびりとした口調は別れた3年前とまったく同じだった。

「こんな時は普通、自分が結婚して変わった姓の方は名乗らないよなぁ。聞いても分かるわけないいんだから」と思い返すたびに笑ってしまう。なぜそんなふうに名乗ったのか、これは僕の想像だが……。口調は昔とまったく変わらず落ち着いていたが、3年ぶりに突然この電話をかけることは、さすがの淳子さんでも緊張していただろう。そもそも、僕の電話番号が変わらず、昔と同じかどうかも、小さな賭けだったはずだ。自分がそうであるように、僕だって結婚をして、電話に出るのが僕の奥さんという可能性も考えたはずだ。もし電話を奥さんが受けた時は「間違い電話でした」と言うつもりで、あえて結婚してからの姓を名乗ったのかもしれない。理由については結局聞かずじまいだった。

3年ぶりに淳子さんと電話をし、ずいぶん長いこと話したと思うが、最初に結婚相手の姓を告げられたことがあまりにおかしく、そこばかりが記憶に残って何を話したかは、すっかり忘れてしまった。

多分、内容などどうでもよかったのだ。この電話の先に淳子さんがいる。その嬉しさだけで十分だった。

「東京に戻りたいって思うんですけど、いいですか?」と問われ、僕は何と答えたのか。

「戻ってきて」なのか「ありがとう」なのか、それすらも覚えていない。

　ただ僕にとってその電話は、3年の間もふたりの時間がずっとつながって継続していることを感じさせた。その電話はまるで、ついさっきまで会っていた恋人同士が「明日もそっちに遊びに行っていい？」と聞いているかのように自然で何気ないやりとりだったからだ。そこに3年という空白はまったく感じなかった。

　そして数日後の東京駅新幹線ホーム——。

　この日のことだけは、30年以上経ったいまでも、モノクロの記憶の中の鮮明なカラー写真のように忘れられない。

　昼頃だ。約束の時間の新幹線がホームに入ってくる。何号車だったろう。前日、電話で告げられた車両番号のドアから少し離れ、待つ。胸の鼓動が早まるのが分かる。乗客が折り重なるように一斉に入り口からはき出されてくる。誰ひとり迷うことも立ち止まることもない。改札へ、乗り換えホームへと無表情に向かっていく。人の波が杭のように立ち尽くす僕に当たって左右に分かれて流れていく。僕は流されまいと立ち尽くす。

　東京に来るというこの日まで、毎日電話では話していた。何しろ1か月の電話料金が20万を超えたくらいだ。それでも「本当に乗っているだろうか」と、再会の嬉しさより不安の方が大きく、息苦しさが増していった。

しばらくして、ようやく淳子さんが新幹線のドアから降りて来る。入り口あたりで立ち止まると、乗客が少なくなったホームで、ひとり立ち尽くしている僕に気づき、はにかんだような笑顔を一瞬浮かべた。映画ならこんな時、ふたりは駆け寄って誰の目も気にせず強く抱き合うのだろうが、実際には、僕もただ小さく笑って手を振っただけだった。

切りそろえたショート・ボブの髪型と、体にぴったりとフィットした薄いベージュ色のニット・ワンピース。足もとは焦げ茶のロングブーツ。この時の服装だけはなぜか後々まで鮮明に覚えていて忘れられない。それを見た時「ウルトラマンみたいだな」と場違いなことを思った記憶があるからだ。

僕が30歳、淳子さんは27歳。とても美人のウルトラマンだった。

――＊――

雪行灯《あんどん》

抗がん剤治療は2～3週を1クールとして、副作用の様子を見ながら進められていく。他にも吐き気を押さえる薬や痛み止めが処方されるが、重要なのはこの痛み止めだ。通常の痛み止めとは違い、オピオイドと呼ばれる「オキシコンチン」や「オキノーム」、他に腕に貼って少しずつ薬液が体に吸収されるパッチタイプの「フェンタニル」も処方された。このような薬によって痛みがコントロールしやすくなったので、末期がん患者もずいぶん楽になったといわれている。それでも痛みが完全に消えるわけではない。

末期がんの痛みがどんなものなのか、僕にはもちろん分からない。この時ではないが、「痛み」について淳子さんに聞くと、笑って必ずこんな言い方をした。

「痛いの？　どれくらい痛い？」

「あなたには、絶対に我慢できないくらいの痛み」

淳子さんはどんな時も笑って同じことを言った。偏頭痛があり、季節の変わり目になると頭痛で寝込むこともあった淳子さんだが、そんな時は少しの物音や光の刺激でも頭が痛くなったようだ。「どのくらい痛い？」「あなたには、絶対に我慢できないくらいの痛み」。淳子さんにそう言われると「そうなんだろうな。淳子さんだから我慢できるんだろうな」となぜか無条件に納得してしまった。

子供の頃から、淳子さんは我慢強い子だったという。

10歳くらいの頃だ。「お腹が痛い」と学校を休んだことがある。日頃は皆勤賞の淳子さんには、それだけで珍しいことだった。実はこの時まで、すでに動けないほどの痛みを我慢してきたのだ。翌日になっても痛みは治まらず、ここでようやくお医者さんに往診してもらい、そのまま入院即手術となった。盲腸で一刻を争う状態だったのだ。「なんでこんなになるまで放っておいたんです」と両親は医者に叱られ、叱られた両親は、今度は「なんでこんなになるまで言わなかったの」と、淳子さんはその我慢強さを叱られたそうだ。この時の手術痕は、成人しても残った。

昔、そんな話をしてくれた淳子さんを思い出しながら、やっぱり僕も思ってしまった。「最初に背中が痛くなった時に、なんでもっと早く言わなかったんだ。我慢なんかしないでもっと早く言っていれば、もしかしたら……」

病院の帰り、処方箋を手に薬局に立ち寄る。普段は病院のすぐ前の薬局で、ここはファックスで処方箋を送っておくと、待たずに薬が受け取れた。ところがこの日は処方箋を送るファックスが混み合っていたので、帰り道にある初めての薬局に立ち寄った。薬局の横の狭い駐車場に車を停める。雪は降っていたが、いつもなら5、6分で済む。ちょっと迷ったが、エンジンを切って淳子さんを残して薬局に入った。

田舎の小さな薬局だ。いつから置いてあるのか分からぬような埃をかぶった市販薬の箱が棚に閑散と並んでいる。カウンターを挟んで白衣姿の初老の男に処方箋を渡す。手渡した処方箋をゆっくりと読むとしばらくして、「これ……すごく強い薬ですよ」と、言う。

「えっ……」と、戸惑った。

薬局では薬名や飲む回数などの確認以外であまり話しかけられたことはない。

「病気は？　……ご家族？」

「……」

「どこが悪いの？」

「……」

「これ強い薬だから」

「……」

無言のまま下を向く僕に話しかけるのを諦めて、薬局のオヤジはようやく奥に向かった。その口元にはうっすらと笑いが浮かんでいた。

(これがどんな薬なのか、一般的にどんな時に使う薬なのか。ただの腹痛でこんな鎮痛剤を出すかどうかくらい、いくら場末の薬局でも知ってるだろ!)と、思わず心の中で怒鳴る。ずいぶん長く待たされて、ようやくオヤジはプラスチックの平らな籠に山のように薬を乗せ、戻ってきた。

「こっちは痛みが我慢できない時ね。でも強いから……。お医者さんは何て?」

むき出しの好奇心に怒りで財布を持つ手が震える。無言のまま視線をそらせ支払いを済ませた。本当は薬屋のオヤジの言葉や表情に深い意味はなかったのかもしれない。世話好き、話好きなだけだったのかもしれない。だが、無神経な善良さは時に邪悪さよりよほど人を傷つける。僕には、僕と淳子さん以外のすべてが、世界中のすべてが敵に思えてならなかった。

「あらゆるものごとのなかでいちばん悲しいことは、個人のことなどおかまいなしに世界が動いていることだ。もし誰かが恋人と別れたら、世界は彼のために動くのをやめるべきだ。もし誰かがこの世から消えたら、やはり世界は動くのをやめるべきだ。しかし実際には、決してそんなことは起らない」(『夜の樹』新潮文庫刊)と言ったのはトルーマン・カポーティだ。僕も心の中で叫んでいた。

「みんなみんな死んじまえ！　世界なんか亡びてしまえ！」

車に戻ると、うっすら積もった雪で車全体が覆われ、ずいぶん時間がかかったことが分かった。あわてて運転席のドアを開け乗り込む。疲れなのか痛みなのか助手席の淳子さんは背中を丸め、シートにうずくまるように顔を落としていた。そのままの姿勢で僕に言った。

「時間かかったね」

「なんか……薬屋のオヤジが間抜けで、グズグスして」

言いながら堪えきれずに両手を伸ばし、淳子さんの頭をギュッと胸に抱え込む。淳子さんは少し驚いて顔を上げた。

「どうしたの？」

「ゴメン。エンジンかけたままにしておけばよかったね。寒くなかった？」

「大丈夫だけど……」

戸惑う淳子さんを、無言のまままもう一度強く抱きしめた。淳子さんもじっと動かず、しばらく僕に抱かれたままになっていた。フロントもリヤも両サイドの窓にも、雪がうっすらと張り付いて、外の光を柔らかく遮っている。雪曇りの空の暗さも加わり、車内はぼんやりと薄暗い。それはさながら薄い雪の壁に囲まれて光る雪行灯のようだった。

世界の中で、僕たちはふたりっきりだった。

3

八ヶ岳、3月。
「二人で共に有る」

ひとりでは耐えられなかった

ふたりだけで山で過ごす。体調がよい時は青山にも戻る。病状が悪化したら、最後の最後は浜松に行く。漠然とそう考えていた僕たちだったが、がんが与えた時間はそれほど悠長なものではなかった。

1回目の抗がん剤の投与が終わり、数日経過した頃だろうか。血液検査とCTの撮影があった。これは抗がん剤の効果の確認のためだろう。CTの検査室は建物1階の少し奥まった暗い場所にある。淳子さんをCT室に見送り、最初は廊下のソファーで待っていた。先に述べたように抗がん剤の効果に期待していたわけではない。「多分、ダメだろうな」と心のどこかで思ってもいた。淳子さんの食欲は日々落ち、体はやつれ、夜も眠れないようだった。抗がん剤によって何らかの変化があるなら、症状にも多少の影響が見えるはずだ。影響があったのは副作用である強い吐き気だけだった。

無論、これは素人判断で、実際には抗がん剤によって眼に見える変化など起こらないのかもしれない。しかしがん患者もその家族も、人は見える日々――日常の症状と、見えない事実――検査数値との間で気持ちが揺れ動く。症状と数値が同時に良好になる、あるいは悪化するなら気持ちと覚悟に隔たりはないかもしれない。しかし実際には、数字はいいのに症状（あるいは自覚）としては悪化している。逆に数字は悪いが自覚症状としては楽だ。そんな時浮かぶのは「なぜなんだ」という思いだ。それを言うなら常に病は突然で「なぜなんだ」という叫びはつきまとう。

原因と結果に納得がいかないのだ。どんなに健康を気づかい、細心の注意を払っても、がんになる人はなる。逆にどんなに不養生でもならない人はならない。その間を統計的な確率論が行き来しても、納得できる因果はない。結果だけが、がんという病状だけが、ある日突然告げられる。しかも体の自覚の前に数字が「間違いない真実だと」突きつけられる。結局これは運の問題になる。運・不運という言葉でしか説明がつかない。すべての病気・事故は同じだろうが、がんは特にこの「なぜなんだ」という理不尽さが患者と周囲を苦しめるような気がしてならない。理不尽の理由が、その意味がどうしても納得できないのだ。結局それは「なぜ他の誰かではなく淳子さんだったのだ」という叫びにつながる。甘ったれの自己弁護かもしれないが、この「なぜなんだ」という思いと、ひとりで向き合うのはとても苦しいことだった。

CT室の前。誰もいない薄暗い廊下。淳子さんを待ち疲れて建物の中を少し歩くと、ガラスで囲まれた小さな中庭が見えた。ガラスの扉を開けて中庭に出る。どんよりと重い雪雲の空が見えた。冷え冷えと暗い空だ。その、暗さのためだった気がする。深く考えていたわけではない。ひとりになると、孤独感と不安感でいたたまれなくなっていた。携帯を取り出す。登録してある義弟の番号に電話をかけてしまった。

男兄弟のいない僕にとっては、車やパソコンの話ができる義弟は、日頃から気の許せる話し相手だった。甘やかされて育った僕とは違い、義弟は若い頃から苦労人だ。そのせいか、僕とは対照的な誠実で生真面目な性格の違いも、話していてむしろ楽しかった。出張で東京に来た時などは青山に泊まり、淳子さんとも遅くまで楽しげに話し込む。会社勤めを経験したことがあるのは、浜松の家では淳子さんとこの義弟だけだ。僕にも分からない会社勤めのもろもろの話題で、遅くまで盛り上がっていた。

義弟が電話に出た。

「いま、山なんだけど……。淳子さんが……オバチャンが……。オバチャンががんなんだ。膵臓がんで。もっても3か月くらいで……長くはないみたいで、手術とか治療とか無理で……もう何にもできなくて」

何をどう説明したか、あまり記憶にない。一気にまくし立てた気がする。ただ、「淳子さんががん」という言葉を自分の口から誰かに言ったのは初めてだった。口から出た言葉はブーメランのように自分自身の耳に戻り、もう一度嫌でも語りかけた。「淳子さんががん」。自分で発した言葉に震えた。

しばらくして、CTの撮影が終わった淳子さんと廊下のソファーに並んで座る。うなだれたまま、僕は床に向かって言った。

「浜松の義弟《パパ》に……電話しちゃった」

「義弟《パパ》に？　何で？」

「病気のこと……。週末、とりあえず義妹《ママ》とすぐに来るって」

「え〜〜。もう浜松に話しちゃったの〜。しょうがないなぁ」

「ごめん」

「もう少し頑張れると思ったのに。本当に根性ナシなんだからぁ」

淳子さんはため息交じりに言う。その表情は怒っているというより、どこか呆れたような笑顔だった。夫婦だ。夫の根性の度合いは熟知している。それでも告知からまだ1か月も経っていない。ふたりで頑張ると約束したのに、あまりに早すぎる。これはさすがの淳子さんにも予想外のことだったろう。

ちなみにこの頃、僕はオジチャン、淳子さんはオバチャンと呼ばれ、互いもそう呼び合っていた。別に自虐でも悪ふざけでもない。日本の家族はその集団の中で最も弱い者からの距離で呼び名が決まるという説をご存じだろうか。例えば、夫婦に子供が生まれると、世間的には夫はパパに妻はママになり、互いもそう呼び合う。これが子供ではなく、ペットの犬や猫でも、例えば僕はジャス君のパパというようになるわけだ。だから淳子さんの妹、僕にとっては義妹に男の子（甥）が生まれた時から僕は青山のオジチャン、淳子さんはオバチャンになったわけだ。

　とはいえ、オバチャンは身内の中の記号にすぎない。淳子さんはオバチャンではあったが決してオバサンではない。淳子さんが幾つになってもそんなことは夢にも思ったことがないし、誰かが淳子さんをオバサンなどと呼んだら、睨《にら》み付けてやったろう。

　こんなことがあった。漫画もいろいろな連載をしていると担当編集者も変わる。新しい編集担当に変わるたび――まぁ著者へのお愛想半分もあるだろうが――「淳子さん、美人ですよね」と必ず誰もが言う。内心では、これがちょっと嬉しい。ところが新しい連載のため20代の若い編集者が担当した時だ。淳子さんを見てもスルーして何も言わない。彼が帰ってから「アイツ、淳子さんのこと何も言わなかった」と不満を言うと笑われた。「何をバカなことを言ってるの。あの人、20代なんだから、私はお母さんくらいの年よ。そんな人を見て、美人もへったくれもあるわけないじゃん」

淳子さんは僕にとって、妻というより、いくつになっても自慢の恋人だったのかもしれない。結婚後も、よほど公式の場ならうちの「妻」とか「家内」と呼ぶこともあっただろうが、どうも座りが悪い。いまどきの若い夫婦のように「パートナー」という呼び方もやや照れる。僕の中で、淳子さんはずっと淳子さんであり、浜松の義妹たちといる時は、これにオバチャンという呼び名が加わるのだ。

この義妹と淳子さんとは14歳も年齢が離れている。実は淳子さんは、子供ができなかった母親が、自分の姉の娘――淳子さんを赤ん坊の時に養女にもらい受け、淳子さんが中学生になった頃に、両親に実子が生まれたのだ。これだけ聞くと少女漫画的な葛藤を想像するかもしれないが、実際は妹ができたことで一番喜んだのは淳子さんだったという。

「夏休みの宿題の工作とかあるでしょ。そうするとジイジ（父親）が工場に出入りの木工所に頼んで、ものすごい立派な本立てとか作っちゃうの。どう考えても小学生が作れっこないのに。お習字のコンクールで賞状もらっただけで、恥ずかしいほど豪華すぎる額縁に入れて飾ったり。それを近所に自慢したりね」

少し行きすぎてはいるが、飾り気のない無垢な愛情だ。それが分かるだけに、淳子さんも困惑しながら家族の愛情を受け入れていたのだろう。祖父母に両親。家中の注目を一身に浴び、それに応えるかのように聞き分けのいいお利口で可愛いひとり娘。そんな自分自身の役割に、淳子さんは疲れていたのかもしれない。妹ができて家族の注目がそちらに向き、少しホッとしたそうだ。

甥っ子が生まれてからも、義妹夫婦とはよく家族ぐるみで温泉に行ったりもした。伊豆に旅行に行った時だ。甥っ子はその頃2歳くらいになっていただろうか。一軒のお土産屋に入ると、店員の態度がものすごく悪くて、僕は思いっきり腹が立っていた。そんな時、この甥っ子が売り物の小さなキーホルダーを手に遊んでいる。つい「おいJ。それ、ポケットにギッチャえ」と僕がふざけて言うと、それを聞きつけた義弟に、珍しく真顔で怒られた。義弟はカタギな大企業に勤めるサラリーマンだ。「オジチャン！ そういうことだけはJに教えないで！」。

以来、甥っ子の悪いところはみんなオジチャンの影響ということになってしまった。淳子さんの実家では、僕は面白いけど、ちょっと危ないフーテンの寅さんのようなものと思われていたようだ。僕に対するそんな評価に腹を立てるより、むしろ一緒になって楽しむくらい、淳子さんも妹夫婦に心を許し信頼もしていた。淳子さんは誰にどんな順番で自分のがんのことを知らせるか、僕に細かく指示していた。この順番の一番最初が義妹だった。

——＊——

【戻る理由】

27歳になった淳子さんが3年ぶりに東京に戻ってきた再会の日。この頃、僕は西武池袋線の東長崎に住んでいた。朝から何も食べてないというので、隣駅の椎名町《しいなまち》にあるそば屋に向かう。この「翁《おきな》」は、後に全国的に有名になり、多くのお弟子さんがそこから独立した手打ち蕎麦の名店だ。しかし、この頃は後の名声を得る前。多分、自分の店を開店したばかりだったのだろう。手打ち蕎麦だけで勝負するには不安もあったのか、お品書きにはうどんもあった。

この日、3年ぶりにふたりで焼き味噌をつまみに冷酒を飲み、食べたのはうどんすきだった。メニューを開いた瞬間「淳子さん、蕎麦よりうどんが好きだった」と突然思い出したのだ。どうしても聞きたいことがあった。それが、世間的にもずいぶん無茶なことだと分かるくらいには、さすがの僕も少しは大人になっていた。しかし、「すごく美味しいね」と、うどんに感動して箸を動かす淳子さんを見てこの時は聞けず、実際に聞いたのはずいぶん後になってのことだった。

「どうしてまた東京に戻ろうなんて思ったの？」

「結婚した途端に『しまった！　この結婚は失敗だった』とすぐ気づいちゃったの。なんて言うか……30年後の自分の姿が見えちゃった気がしたのね」

「そうなんだ」

しかし、これは離婚する理由にはなっても僕の元に戻って来る理由にはならない。そもそも普通は、むしろ30年後の安定のために結婚をするのではないか。結婚した相手は、全国的にも有名な一流企業のエンジニア。結婚してすぐ新築一戸建ての家も建て、はた目からは結婚生活も順調だ。浮気をするとかギャンブル好きとか、大酒飲みとか、結婚相手の方に問題があったのか。

淳子さんが亡くなってから義妹に聞いたことがある。

「淳子さんの別れた旦那さんってどんな人だったの？」

すると、真顔でこう言われた。

「オジチャンと正反対の人」

「つまり？」

「真面目でハンサムなスポーツマン。浮気もギャンブルも大酒とも無縁」

「どうせオジチャンは不真面目でハンサムでもねぇし。よそのネーサンにはお愛想を言うし、いい加減なノンベイオヤジで悪かったなぁ」と、笑い合った。

しかし、そんな真面目な相手に突然離婚を言い出すことに世間が納得するはずはない。ちなみにこの時、僕が住んでいたのは8畳一間、風呂なしの小さな離れの借家。収入を見ても、学生の頃とたいして変わらない。当然、貯金はゼロ。将来の見通しもまったく立っていない。いくら昔は付き合っていたとはいえ、安定した一流企業の奥さんという立場を捨てて選ぶ相手としては、あまりに無茶だ。

「あの時……電話をかけてきた時に、もし僕が結婚してたらどうしてた？　奥さんが出たかもしれないじゃん」

淳子さんはいつものように少し首を傾げ、考えるふりをしてこう答えた。

「それでもやっぱり近くに戻って来たと思う」

結局、淳子さんの決意の理由は分からない。聞いてもごまかすだけで本当のことは決して言わない性格なのは分かっていた。ただ、僕には想像もできないくらいの覚悟を決め、東京に戻って来たことだけは確かだったのだろう。


ただし、淳子さんの離婚はそう簡単にはいかない。

淳子さんが旦那さんにどう離婚を切り出したのか。「話がややこしくなるから」と僕の存在は当然話さなかったようだ。突然の離婚を切り出された旦那さんは晴天の霹靂《へきれき》だったろう。

旦那さんは当然、離婚はしないと言い張り、結局、調停にまでもつれ込む。裁判所の調停員には「ご主人に何の不足があるんだ。離婚なんてアナタの我儘《わがまま》だ」と調停に行く度にさんざ説教され「何が調停員よ。あれじゃ調停でも何でもない。ただの親戚のオヤジの説教だ」と、さすがにこれには腹を立てていた。

先方との離婚には半年以上の時間がかかった。

相手が離婚を承諾したのは、最終的には淳子さんのこんな言葉だったという。「離婚してくれないいなら仕方ありません。籍を抜いてくれないいならそれでも結構。その代わり、いつかそちらから籍を抜きたいと言ってきても、絶対に抜きませんからそのつもりで」。これではまるで脅迫だ。

淳子さんの荷物は、浜松の実家に引き上げ、ほとんど身ひとつで東京に来ることになった。後に淳子さんが浜松の実家に持ち帰った書籍を見て、嬉しくなったことがひとつある。本の束の中に畑中純の『まんだら屋の良太』というコミックス全巻を見つけたことだ。読んだことのない人には説明のしづらい漫画だが、その版画風の濃い絵柄といい、文学的ではあるけど、軽薄でスケベでいい加減な主人公というキャラクター設定といい、女性があまり手にする漫画ではない。

いずれにしろそれは、かつて淳子さんの東京の下宿で深沢七郎を見つけた時のような驚きと嬉しさだった。離れている間も、僕たちは同じものを見ていた。同じものに感動していた。しかもそれは、世間の誰もが認めるような作品ではない。別れてからも僕たちふたりだけが、地下水脈のように細いつながりで結ばれていた気になった。

（いま、こう書きながら気づいた。『まんだら屋の良太』の濃くて文学的だが軽薄でスケベでいい加減というキャラクター設定は、僕自身の性格にそっくりだ）。

――＊――

義妹夫婦たちと

週末。義弟夫婦が山に来た。ちょうど診察日だったので、待ち合わせは病院だった。あらかじめ電話で「ジイジ、バアバには心配かけたくないから、知らせるのは最後の最後にしたい。できるだけ悟られないように来て」と、頼んであった。

会社で僕からの電話を受けた義弟は、この日、夕食を済ませるとこっそり義妹に耳打ちして、早めに自分たちの部屋に戻ったそうだ。不思議なことにこの時、何も知らないはずの義妹が最初に言ったのは「お姉ちゃんに何かあったの？」という言葉だったという。その後、甥と姪も呼んで事情を話し、祖父母に隠すことを命じて、病院に駆けつけてくれた。

この時の淳子さんは、いつもと変わりなく、ただ遊びに来た義妹夫婦に接するように笑顔で世間話をしている。義妹たちも本人には特に病状などは聞かない。この時ふたりには、早急に頼まなければならないことがあった。浜松の家の改築だ。

この頃、浜松では、両親が住む母屋とは別に、道路を隔てた3階建ての建物に義妹夫婦が暮らしていた。といっても、日中はずっと母屋で過ごしてそこで食事もし、風呂にも入り、夜だけ自分たちの部屋に戻るという生活だ。頼んだのはこの3階建ての3階、使っていない一室とバス・トイレ・台所の改築。お金はかかっていいから特急でリフォームをして欲しいと伝えた。

僕からの唯一の希望として、寝室だけはこの山の別荘と同じような木材で壁面を仕上げて欲しいとだけ伝える。それは、山でふたりだけでギリギリまで過ごすという約束が果たせなかった僕の、せめてもの償いの気持ちだったのかもしれない。

浜松からはその後も、毎週のように誰かがやって来てくれた。祖父母に隠すため、いろいろな言い訳を考えるのはずいぶん大変だったようだ。

義妹夫婦だけの時があれば、甥っ子と義弟、姪っ子と義妹で来てくれたこともあった。甥と姪も含め家族4人で来てくれた時だっただろうか、夕食はホットプレートの焼き肉だった。何事もないかのように全員が肉を食べ、ワインを開け、笑い合う。テレビからは、冬のオリンピックで浅田真央がリンクに舞う姿が流れている。義妹夫婦は少し興奮気味に画面に見入っていた。淳子さんも楽しげだ。ただ、僕は気がついていた。淳子さんは焼き肉プレートの端に置いた自分の肉を表にしたり、裏返したりするだけでまったく手をつけない。肉はもう食べられなくなっていたのだ。

食後、淳子さんが義妹や甥、姪など全員を連れて、吹き抜けの2階ロフトに上がる。ここには淳子さんのコレクションのキリムや絨毯が山積みされ、自分用の机とPCなどもあった。


青山に引越して、淳子さんが唯一趣味にしたのがキリムの収集だった。キリムというのはトルコなどイスラム圏の遊牧民が移動しながら実用のために織った羊毛の織物で、シルク製のペルシャ絨毯などに比べ素朴で個性的なデザインに特徴がある。最初は国内のキリム屋さんなどから買っていた淳子さんだったが、やがて海外のコレクターとメールで熱心にやりとりをするようになっていく。日本語の研究文献がないので、資料も英文だ。キリムの英文資料だけで本棚ひとつが埋まっていた。寝る前にはこれをいつも読んでいた。

「そんな本、面白い?」と聞くと「英語の本はすぐ眠くなるから」と、はぐらかした答えしか返さない。これは暗に「説明してもアナタには分かりません」という合図だ。

アメリカはもちろん、ドイツや北欧のコレクターからも買ったキリムが送られてくる。箱の封を切ると、入っているのは僕にはボロ布にしか見えぬものばかりだ。

「これってアンティーク？」

「そう呼んでいいのは百年以上経ったものだけど。まぁ、アンティークかな」

「つまり古いってことか。やっぱり古いと高いんだろうなぁ。幾らくらいするものなの？」と、さすがに値段は少々気になるからさりげなく聞く。そもそも、このボロ布に金を払う気持ちがよく分からない。するとニヤッと笑ってからかうように淳子さんが言うのだ。

「ショック受けるから、聞かない方がいいと思うなぁ～」

「あっ、そうなんだ。……じゃぁやめとくわ」と、僕も結局は笑うしかない。

ちなみに値段だが、ある時、税関に行って荷物の受け取りを頼まれたことがある。この時にインボイス（貨物の送り状）を見た。品物は古い穀物バッグだ。大きさは1メートル四方ほど。羊毛で頑丈に織り上げ、表面には鮮やかで複雑な織り模様も入っている。遊牧民はこれに麦などを入れて運んだという。古いもののようだが、インボイスを見ると、淳子さんが言うほど高額ではない。それを淳子さんに言うと「あれはね、買値をそのまま書くと税金がかかるから10分の1くらいの値段で通関してるの」と言われ絶句した。そのボロの布バッグの本当の値段は、小さなエルメスのバッグが買えるくらいした。さすがに頭がクラクラとなった。

では、僕はそんな淳子さんの買い物を浪費と思って腹を立てていたか。むしろ逆だ。当時誰もが欲しがるエルメスではなく、世間の誰にも価値が分からないボロバッグを選ぶ、淳子さんのそんな感受性と美意識が、僕にとってはむしろ自慢だった。

予期悲嘆《よきひたん》

アンティークのキリムや絨毯の他に、淳子さんはトンボ玉もコレクションしていた。トンボ玉というのはガラスで作られたビーズのことで、その発祥は紀元前にまで遡り、装飾品として世界各国で産出されている。コレクターも多く、高価な物は100万、200万と宝石並みの価格がした。淳子さんにとっては、宝石よりガラス玉だったのだ。

義妹家族が来た日。淳子さんはケースから無造作にこのトンボ玉を取り出すと「これもあげる、これも持って行っていいよ」と義妹たちに言う。赤いチベット珊瑚、古いイスラム玉、鮮やかな色彩のベネチア玉。興味のない者にとっては少し変わったきれいなガラス細工に過ぎないだろう。値段を聞いて義妹たちも多少は興味を示しても、本心から欲しいのかどうかすら分からない。しかし僕は、淳子さんがそのひとつひとつのトンボ玉をさんざ迷い、悩み、由緒由来を調べ尽くして買ったことをよく知っていた。本人にとってはとても思い入れのあるものだ。それなのに、あまりに無造作にあげてしまう。まるで、早めの「遺品分け」のようにも思えた。自分自身とその過去を乱暴に投げ捨てているかのようにさえ見えた。楽しげに笑いながら、義妹たちにトンボ玉の説明をする淳子さんを見るうちに、僕の気持ちはどんどん塞いでいく。苦しくなってひとり仕事場に引きこもってパソコンに向かった。

「予期悲嘆《よきひたん》」という言葉がある。悲嘆——悲しみを、予期——予想する。医療などでは、誰かの死を想った時から始まる、悲しみや別離の先取りを意味する。悲しみに耐えるための心の準備ということだろう。やがて訪れる死を受け止め、悲しみから回復するための必要期間とも言われている。先にも書いたが、20代の頃、雑誌のライターとしてさんざいろいろな遺族に取材してきたので、そんな言葉も知っていた。

「予期悲嘆」——淳子さんの死という事実が、眼の前に突きつけられている。

そして僕は、淳子さんが死ぬと思っているのか。そのための心の準備を無意識のうちにしているのか。あらためてそう気づいた時、余分な言葉を知っていることで、返って苦しみは増した。

しばらくして淳子さんが仕事場に来て僕に声をかける。

「どうしたの？　部屋に引きこもっちゃって」

「別に……。原稿書いてた」

淳子さんは僕の不機嫌の理由を見透かすように、少し黙っていたが、僕の肩を叩いてふっと笑顔を見せる。

「あの子たち、もう帰るってよ」

「分かった」

義弟の車を見送り、淳子さんは暖炉の前のリクライニングソファーに腰掛け、僕は床に座り、淳子さんが座るソファーの肘掛けに体を預けていた。ふたりとも少し疲れていたのだろう。同時に眠っていたようだ。しばらくして眼を覚まし淳子さんを見ると、窓の外を眺めている。僕が眼を覚ましたことに気づいて顔をこちらに向け微笑みかけると、また黙ったまま視線を前に戻した。つられて窓の方に顔を向ける。

外のベランダに続く大きな掃き出し窓は、床から2メートル以上もある。いつの間にかこの大きな窓一面が夕焼けに赤く染まっていた。ただの夕焼けではない。深紅の光が鮮やかに燃え、あたりを真っ赤に覆う夕照《せきしょう》だった。

ボンヤリとそんな夕照に眼を奪われていると、紅い陽は薄い絹のように部屋の中に少しずつ少しずつ伸び、広がっていく。やがて部屋の奥まで深く差し込んだ夕陽が、ふんわりとふたりを温かく包んでいった。

どのくらいの時間、ふたりでその夕照の中に浸っていただろう。頭は空っぽになり、言葉を失って時間だけが過ぎていく。いや、時間の存在すら忘れて何も考えず、何も思わず無言のまま夕照を見つめ続けた。沈黙にはさまざまな種類がある。愛情や憎しみ。怒りや悲しみ、そして諦め。沈黙は、時にどんな言葉より雄弁だ。この時の沈黙は何だったのか。「ふたりで共に有る」という、限りない淳子さんへの愛おしさと一体感だった。

もし「心中」という言葉を瞬時でも思い浮かべたとしたら、この時だけだったろう。この静謐《せいひつ》な一体感がやがて失われる。とても耐えられないことのように思えた。同時に僕が感じたのは世界が分かれているという感触だった。淳子さんとふたりだけに流れる時間と、世間に流れる時間の違い。ふたりだけが見ている風景と世間が見ている風景の違い。ずいぶんと身勝手だが……。浜松からの来訪は、心強くありがたい反面、ふたりだけの世界を奪われている気にもなった。

―――＊―――

姪を養女に

浜松から義妹夫婦たちが来てくれるようになって数日後。淳子さんが突然言い出したのは思いがけないことだった。

「Hちゃんを養女にしようと思うんだけど」

この時、姪のHちゃんは19歳になっていた。小さい頃からモダンバレエで鍛えていたので、父親似でスラリと背も高く、なかなかの美人に育っていた。

「もちろんHちゃん本人が嫌だって言ったら仕方ないけど」

「でも、急にどうして？」

「別に私がいなくなった後に青山に一緒に住んでほしいとか、オジチャンの面倒を見てほしいとか、そんなこと期待してるわけじゃないの。でも、もし名義だけでもHちゃんが養女なら、一応あなたもお父さんじゃない。Hちゃんが結婚することにでもなったら、結婚式にはきっと呼んでくれると思うのよね」

僕にはそう説明する。一方で、妹夫婦とHちゃんにはこんなふうに言う。

「お父さんがひとり増えると思えばいいんだから。別に住むところも生活も何も変わらないし。名前も同じだしね」

実は、僕の本名と淳子さんは姓が一緒だった。

「でも、なんか財産目当てとか思われないかなぁ。もしHの結婚とか話があって、それが理由で障害になるとか」と、義弟が言うと、

「何を言ってるの。最初から相続目的なんだから財産目当てでいいのよ。それに私だって養女だけど、結婚の障害になったと思う？　そんなことで結婚をためらうような男とはそもそも結婚しちゃダメでしょ」

「じゃぁ、私は？　私じゃダメかな。私ならすぐオジチャンの養女になるけど」

義妹が笑って言う。

「いや……それは何というか。養女というより、養オバサンみたいで、オジさんとしてはせっかく養女に来てくれるならやっぱりHちゃんがいい」

僕の言葉に全員が笑う。

無論、残していく僕への心配はあったろうが、淳子さんは、自分の死後も実家と僕が、何らかの形でつながっていてほしいと思ったのかもしれない。いつの間にそんなことまで考えたのかと、これには少し驚いた。

次に蓼科に来た時、Hちゃんは養女になることをあっさりと了解した。
ただし、僕にとってもHちゃんにとっても、そのことによって何が変わるのか、具体的に想像できないでいた。しかし、未成年者の養子縁組には裁判所に行く必要があると分かり「11月の20歳の誕生日が来たら……」ということでこの話はいったん収まる。僕は心の中で（11月……か）と思わず呟いていた。その頃には淳子さんはいない。頭では理解していたが、それがどういうことなのか、淳子さんのいない世界がどうなっているのか、その中で自分はどうしているのか。実際はまったく想像ができないでいた。

——＊——

【小石川の家】

淳子さんが東京に戻って、僕たちが最初にしたのは引越しだった。
当時暮らしていたのは西武池袋線・東長崎の風呂なし8畳一間の借家。元々は大家さんが老齢の祖母のために庭に建てた隠居部屋だったようで、母屋とは別の入り口と、小さな台所とトイレだけ付いていた。風呂はない。

ここから引越したのは、ふたりで暮らすには狭いという理由だけではない。ちょうど淳子さんが東京に戻ってきた頃、僕は子供の頃の小児喘息が再発して、人生初の救急車騒ぎで病院に運び込まれたりしていた。喘息の原因は酒の飲み過ぎと煙草の吸い過ぎなど、もろもろの生活の不摂生だった。加えて、部屋のホコリや寒暖差なども気になった。古い借家は断熱材などもなく、隙間風も吹き抜けていたのだ。

決めた物件は、文京区の区役所前の小さな小さな3階建てのビル。司法書士事務所が所有する建物で、1階は顧客と対面するカウンター。2階は事務所。その3階部分の10畳ほどのワンフロアーに小さな風呂とキッチンが付いていた。賃貸に出ていたのはこの3階部分。入り口はなく、3階に行くには事務所の1階から内階段を上がっていくしかない。ずいぶんと癖のある物件だが、それだけ家賃も安かった。淳子さんも気にする様子はない。ただ、昼間に頭から長ネギが飛び出た買い物袋を手に「どうも、どうも。後ろを失礼します」と、カウンターと壁の狭い隙間、座って相談をする顧客の背に声をかけながら3階に向かうのは、奇妙な風景だったに違いない。

引越し当日。「3年間別れていてもこの人は成長していないないな」と淳子さんが、きっとため息をついたであろうことがあった。

　淳子さんはキチンと数日前から荷物のパッキングを行い、準備をちゃんとしていた。子供のような言い訳だが、僕が人生で最も苦手なのが整理整頓だ。僕が役に立たぬことは知っているから、荷造りを手伝えなどとは言わない。ただ、僕の荷物で残すものと捨てるものの判断はできないから、それだけはやれと言われていた。が、これができたら苦労はない。結局僕は、自分の荷物は手つかずのまま、引越しの当日はそっと部屋を抜け出すとそのまま飲みに出てしまった。

　新居は、仕事先の出版社が多くある神保町まで歩いても30分ほどの距離だ。この日は、知り合いの編集者と朝まで飲んで、新居に戻ったのは翌朝のことだった。段ボール箱が山積みになった部屋。その隅で眠る淳子さんの布団にそっと潜り込んだ。だけど、この日のことで特に怒られたとか、喧嘩になったという記憶はない。そもそも、僕が少しでもまともになっていることを期待して東京に戻って来たわけではないだろう。とはいえ、内心は呆れていたに違いない。

　引越してしばらくした頃だ。この事務所のシャッターが壊れ、夕方、どこかの編集部で打ち合わせをして戻ると、部屋に入れないことがあった。司法書士事務所はすでに営業時間も過ぎているのでスタッフもいない。しばらくビルの前で待っていると、夜になって鍼灸《しんきゅう》学校から戻った淳子さんが帰ってきた。

「閉め出されちゃったね」

「朝になって事務所の人が来たら、何とかしてくれると思うけど。どうしようか」

「朝まで2人で時間潰せばいいじゃん」

と、淳子さんはどこまでもノンキだった。


——＊——

犬たちの不安

「もし、浜松に戻られるなら、早く転院先を決めて急いだ方がいいかもしれません。これ以上悪化すると移動も難しくなりますから」

何度目かの診察の時、担当医にそう言われても、実はあまり切迫感は感じていなかった。山に来て1か月ほどが経っていた。

少しずつ食欲が落ち、体重も減少していたはずだが、身近にいる者はかえって変化が緩やかすぎて気づかなかったのかもしれない。時折は体を動かすのも億劫でしんどそうにしていたが、淳子さんは自分からは一切苦しさを訴えない。医師が言うほど「その時」が迫っているとは思えなかった。医師の判断は検査結果の数字やレントゲンで、実際には見えない。見えないけど数字的に危機は迫っている。頭では分かる。でも、人は科学的な数値より実感を信じたくなる。心のどこかでは、このままの状態がいつまでも続くのではないのかとさえ思っていた。

決断することをずるずる避けていたが、結局は3月初旬、浜松に戻ることを決め、最低限度の荷物を先に送ると、後は車で浜松に向かうだけとなった。浜松に戻るという決断は、もちろん医師の言葉がきっかけだったが、淳子さんも、僕がひとりで淳子さんを支えるには、そろそろ限界だなと思ったのかもしれない。僕自身の様子も、自分では気づかぬうちに少しずつ変になっていたのかもしれない。

浜松に戻る前夜のことだ。その日は義弟夫婦も駆け付けてくれた。

我が家のワンコ、フラット・コーテッド・レトリバーのジャスは犬種名通り、黒いフラット・コート――直毛が長いレトリバー種で、雄だから体重が35キロほどある。本来なら眠る時は自分のケージで一頭で寝るトレーニングをするが、子犬の頃に甘やかしてしまい、人間が寝るベッドの、それでも多少は遠慮して足元にうずくまっていつも寝ていた。体重15キロほどの、こちらは白い毛が全身を覆うポンという犬種のモコちゃんもこれに従う。結果、夫婦ふたりのベッドには必ず体重合計50キロほどのワンコたちも折り重なるように眠ることとなる。この頃、すでに淳子さんは痛みのためか、睡眠が十分にとれなくなっていた。麻薬系鎮痛剤も処方されていたので、夜中に強い痛みで眼が覚めるとこれを服用していた。

「明日は早いから、ワンコたちと仕事場の部屋で寝るから。ひとりならゆっくり眠れるでしょ」と、僕は2頭を連れて、寝室とは少し離れた仕事場の部屋に来客用のマットを敷いて休んだ。

義弟夫婦は2階の部屋で眠っている。ワンコたちも少し多めの散歩と食事を済ませ、後は寝るだけだ。「おやすみ」と淳子さんを先に寝かせ、仕事場の扉を閉め、早く寝たいので導眠剤を飲んで布団を被る。と……「クゥ〜ン」とジャスが鳴きながらこちらを見る。子犬の頃から、淳子さんと離れて寝るのは、淳子さんひとりが浜松に帰省した時など年に数度だ。その時は騒がないので、今日は僕の緊張から、ただならぬ気配が伝わっているのかもしれない。淳子さんが向こうの部屋にひとりでいることも分かっているのだろう。

「ジャス、おいで。伏せ」と、呼び寄せ隣に寝かせる。首元を抱え、赤ん坊をあやすように撫でてやる。最初は大人しく横で寝ているが、しばらくするとムクッと首を上げ、淳子さんの気配を探してあたりを見渡す。やがて起き出して閉まった扉の前に座ると「クゥ〜ン、クゥ〜ン」と小さな鳴き声を上げる。

「ジャス、静かに！」

僕の声にいったんはこちらを振り向き鳴きやむが、再び鳴き声を上げる。何度注意してもやめない。

「いい加減にしろ！　鳴くんじゃないって言ってるだろ！」と思わずカッとして、枕を投げつけた。ジャスはいっそう興奮しその鳴き声は叫びに変わり、開かぬドアに向かって立ち上がるとガリガリと、激しく前足の爪を立てる。つられたモコちゃんも「ウォン、ウォン」と鳴き出す。

「静かにしろ！」と僕もいっそうの大声で怒鳴る。言ってやりたかった。寂しいのは、辛いのは、苦しいのはお前らだけじゃない。

と……扉が開いた。

「私は大丈夫だから。もういいから。あっちで一緒に寝よ」。犬たちとの騒ぎを聞きつけた淳子さんが笑っていた。犬たちは淳子さんに飛びつき、ジャスは淳子さんを押し倒すように立ち上がってその顔をさんざ舐め、満足すると一目散に寝室のベッドに駆け上がって行った。犬たちの大騒ぎもあり、結局僕は、朝までほとんど眠れなかった。

翌朝。車に犬たち、淳子さん、妹夫婦を乗せ、最後にもう一度ひと部屋ひと部屋を見て回る。仕事柄、僕は一日のほとんどの時間を家で原稿を書いて過ごす。通勤のあるサラリーマンの夫婦と比べれば、一緒にいる時間がとても長い夫婦だった。原稿を書く時だけはさすがに部屋は別だが、食事の買い出しもワンコの散歩もいつも一緒だ。それでも青山にいる頃は、各種の打ち合わせやワイン会などもあり、僕だけが出かけることもあったし、淳子さんだけキリムの展示会に行くこともあった。

蓼科に来てからは、打ち合わせは東京から編集者が尋ねてくる。家まで来ることもあったが、多くの場合は僕が車で茅野駅まで行った。車なので飲みに行くことも外食することもほとんどない。結果、朝起きて寝るまで、淳子さんとはずっと一緒だ。

この山の別荘で過ごした夫婦の時間はとても濃密なものだった。だからといって何かが変わるわけではない。空気のように、そこにいるのが当然と思っていた。失われると突然言われ、ようやくそれがとても濃密で貴重な時間だったと思い返していたのだ。

別荘地内の緩やかなカーブを曲がって下りていくと、雪に覆われた山々が眼の前に大きく広がる。ここで過ごした何気ないさまざまな記憶が次々と浮かんでくる。

そもそもこの別荘は僕が気に入って買ったものだった。

八ヶ岳はオフロードバイクに凝っていた30代の頃から、何度も林道を走るために訪れていた。この別荘地もよく知っていた。とはいえドッグランの帰りに、冷やかし半分で見ただけの物件を「買う」と決めた僕に、むしろ淳子さんの方が驚いていた。四角く成形したログを積み重ねた建物は、入り口を開けた途端に新しい木の香りに溢れ、その一点だけでの即決だった。

別荘を買った年の猛暑から秋の紅葉、冬の雪景色と、夫婦ふたりと犬二頭でずっと過ごしてきた場所だった。

しかし、八ヶ岳のこの雪景色を見ることはもうないかもしれない。淳子さんを失ったら、辛すぎてもうここには二度と戻って来られないかもしれない。そう思うと心の中に浮かんだのはなぜか「ありがとう」という感謝の言葉だった。

浜松までの運転は4時間少々、当初は義弟と交代でハンドルを握る予定だった。高速のインターに乗る途中のコンビニに寄って、積み込めなかった荷物の箱を送る。ついでに車内で食べるサンドイッチとお茶などを籠に入れている時だった。僕は、突然フラッと視界が傾き、よろめいた。必死に棚につかまり体のバランスをとる。眼を閉じしばらくじっとするうちに、ようやく真っ直ぐに立つことができた。それを見た義弟が慌てて駆け寄り「運転は僕ひとりで大丈夫だから」と言ってくれる。確かに寝不足もあっただろう。しかしそれ以上に、一緒に淳子さんを見守ってくれる人間がいる。その安心感で緊張の糸が切れたのかもしれない。

4

浜松、3月。

「僕に、自殺の可能性はありますか？」

――＊――

春の陽の中で

この頃はまだ静岡県と長野県を結ぶ中部横断自動車道が開通する前で、蓼科から浜松にはいったん中央自動車道で名古屋方面を目指し、東名高速に乗り換えて浜松に向かう。

雪の残る八ヶ岳から中央アルプスの山間部を抜け太平洋側を走ると、あたりの山々は少しずつ春めいた緑に変わっていく。車中、後部座席に座った淳子さんは背中に痛みが出ているのか、眼を閉じ時おり体を動かして姿勢を変え、楽な位置を探していた。こんな時は「大丈夫？　痛くない？」と声をかけるのは本人にはむしろ負担だ。分かっていても心配で、助手席に座る僕は何度も後ろを振り返ってしまう。そのたびに淳子さんは小さく頷き返す。

途中のインターチェンジで休憩を取りながら、最後に寄ったのが浜名湖サービスエリアだった。休日のせいか駐車場は車で満杯だ。サービスエリアの建物から離れた場所に車を停める。淳子さんは車から降りるのも辛そうで、義妹夫婦たちだけがトイレに向かい、僕と淳子さんが車に残された。

3月――。山はまだ雪が残って冬の只中にあったが、4時間走るだけであたり一面はすでに春だ。晴れ渡った青空。浜名湖から吹き寄せる穏やかな風。暖かい輝きの中、たくさんの家族や若い男女連れなどで溢れている。3歳くらいだろうか、小さな女の子が少し年上のお兄ちゃんと体をくねらせ「キャーキャー」と、全身で笑い転げながら追いかけっこをしている。車の窓からそんな子供たちの俊敏な動きを見ていると、命の躍動を感じる。

死の影など、その存在すら知らぬであろう生命感が、弾けるように跳ね回っている。この、ずらりと並ぶ車の中で、がんに侵されて死を宣告された妻を乗せている車なんてないだろうな。僕たちだけだろうなと、思っていた。無論、どこにもそんな根拠はない。世界は悲しみに満ちている。人はさまざまな悲しみに耐え、それを隠して無理に笑顔を浮かべる時もある。頭ではそう分かっていても、まばゆいほどの早春の明るさの中では、つまらない僻《ひが》み心も浮かぶ。

一方で、雪に閉ざされたふたりだけの山での重苦しい緊張が、春の陽とたくさんの笑顔の中で少しずつ溶けていくのも感じる。車のウインドーを通して見えるそんな景色に見入ってしまった。それは、ふたりっきりの世界、ふたりで過ごした静寂な世界から、下界の喧噪の中に下りてきたことを、あらためて実感した瞬間でもあった。

車が浜松の家の前に到着すると、飛び出すように道に出て迎えたお義母さんは少しオロオロしながら淳子さんに近寄り、その肩を抱き寄せる。

「ごめんね心配かけて」とお義母さんの顔を見た途端、さすがに淳子さんも言葉を詰まらせた。

道路に面した壺庭を抜け、義母の部屋に向かうふたりを見送る。義母は淳子さんを抱きかかえるようにして支えて歩く。「高齢の両親には心配をかけたくない」と、あれほど言っていた淳子さんだったが、やはり気持ちが緩んだのだろう。その後ろ姿は小さな嗚咽で震えているように見えた。

3階の新しい部屋の改装はまだ完成していない。とりあえず、義母が自分のために増築したばかりの母屋の8畳ほどの部屋に入る。ここは義母が自分たち夫婦の寝室とは別に作ったばかりの、いわば隠居部屋で、新しい風呂もトイレもあった。身の回りの荷物を紐解き、一息つくと、少しして義父も顔を出す。淳子さんを見るなり、肩を震わせ、義母よりいっそう激しく「代わってやれれば……淳子の代わりに俺が……」と、泣く。80歳を過ぎた義父の涙に、さすがの淳子さんもつられて涙を流した。

この義母の部屋に、最初のうちは簡易ベッドを並べてふたりで過ごした。しかし、僕はやはり眠れない。夜中に淳子さんが寝ついても、気がかりで眠れない。それに気づいた淳子さんが「2階で寝れば。何かあればコールするから」と言って小さなブザーを渡してくれる。なぜか浜松の家にコール用の機器があったのだ。

深夜のことだ。何の用か忘れたが、枕元のブザーが突然鳴る。僕はこの時も導眠剤と山ほどのウイスキーを飲んで寝ている。慌てて起きるが意識がすぐには戻らず、それでも転げるように階段を下りて淳子さんの元に駆けつける。駆けつけて、僕の朦朧《もうろう》とした顔を見たせいだろう。以後、ブザーが鳴ることはなかった。本当に、呆れるほど役立たずだった。

蓼科からの移動がやはり負担だったのだろうか。それとも病状の進行のためか、淳子さんは浜松に戻ってから、ベッドに横たわっている時間が多くなっていく。食事も家族全員が揃うリビングには来ないで、義妹が作ってくれる小さな小さなおにぎりをベッドの上で摂るだけのことが多かった。痛みのためか、睡眠時間もだんだん不規則になり、自力でトイレに立つのがやっとの状態だ。山では一緒に入っていた風呂も、もう負担が大きく、蒸しタオルで体を拭くのが精一杯だ。

浜松に行くと決めて、決めなければならなかったのは受け入れ病院だ。積極的な治療はしなくても、病院を退院してそのまま自宅療養はできない。痛み止めの処方など、医療機関の受け入れ窓口が必要なのだ。

浜松は市全体の高齢化が進んでいるのか、病院は多い気がする。自宅から車で4、5分の場所に総合病院も何軒かある。淳子さんの祖母が入院したことのある病院ならもっと近い。しかし結局、淳子さんの希望で、車で40分ほどかかる聖隷《せいれい》三方原《みかたはら》病院に受け入れを頼むことになった。

僕は偶然にも大学生の頃からこの病院の名前だけは知っていた。本当に不思議な縁なのだが……。『ソムリエ』というワイン漫画を描いていた頃に『ワインの涙』（集英社刊）という短編小説集を書き下ろしたことがある。この中で僕は、大学生の頃に淳子さんから聞いた、浜松の聖隷三方原病院のホスピス病棟を舞台にした一話を作った。タイトルにもした「ワインの涙」という話だ。淳子さんにホスピスのことを聞いた頃は、日本にホスピス病棟はまだ少なく、そのこと自体がニュースになる時代だったので印象深く覚えていたのだ。

小説からの引用は、自分と家族を捨てた父が、やがて再婚し、年を経てがんに侵されホスピスに入る。ある日「最後に一目会いたい」と突然の手紙が主人公の元に届く。気持ちの整理がつかぬまま主人公がバスでホスピスに向かうという小説冒頭の場面だ。

――＊――


教えられた住所は、S市のはずれにあった。

駅前でバスに乗る。

3分の1ほどしか席のうまらないバスが、すぐに繁華街を抜けて山道を登っていく。途中、停留所はあるのに乗る客も降りる客もいない。

気がついた。

このバスに乗るのは病院に行く見舞い客だけなのだ。

そう思って車内を見わたすと、子連れの家族さえはしゃいだ雰囲気はない。バスの揺れに体をまかせたまま、全員がただ黙って体を揺らせている。ガタッ、ガタッと壊れた操り人形のように表情もない。

この車中で、私はどんな客に見えるのだろうか。年格好からいえば、親か祖父母か、いずれ肉親の見舞いと考えるのが普通だろう。

しかし、実際はどうしても自分だけが場違いな乗客に思えてならなかった。

結局私は、自分では何の判断もできぬままここまで来てしまった。

バスのエンジンが急に唸り、坂が一段と険しくなった。

道路が細くなり、木々が窓に迫ってバサバサと当たる。と、突然ぱっと目の前に平地が開けた。

小高い丘の頂上に立つ病院は思っていたよりずっと新しく、広い敷地の中に白い建物が光って見える。

いままでかたくなな表情を作っていたのに、バスを降りるなり乗客たちの顔に笑顔が浮かぶ。

「帰りにはデパートで何か食べてく？」

家族連れの母親が小さな男の子に聞いている。

「ぼく、お寿司がいい」

「じゃあ、寿司にするか。新幹線の時間があるから急いで食べるんだぞ」

父親が答える。

母親が意を決したように、手にした四角い風呂敷包みをギュッと握る。重箱でも入っているのだろうか、それだけ見れば花見のようだなと、ぼんやりと考えてしまった。

しかし、この花見には浮き立つものが何もない。

何もないからこそ、誰もが病院の入り口をくぐる前に一生懸命の笑顔を作る。自分たちには帰る場所のあることを確かめているかのように――。

患者の誰もが、死を覚悟してこの坂を登ってきているはずなのに、この丘には死の匂いはまったく感じられなかった。

その明るい強さの前に、たいがいの人はたじろいでしまう。


小説の中の病院は、淳子さんに話を聞いただけのまったくの想像だ。

駅からの距離やバスの描写など、偶然似通った点もあるが、僕の中でホスピスはインドの「死の家」に近いものと考えていたのが分かる。

実際の聖隷三方原病院は、ドクターヘリまで有する近代的な総合病院で、ホスピスはそのほんの一部の活動に過ぎない。当然、そこに向かうバスの乗客がホスピスを訪れる見舞客ばかりということもない。それでも、バスの乗客たちの重苦しく揺れる心の気持ちは、想像と大きく外れてはいなかった気がする。

地方都市は自家用車が移動の基本だ。それなのにこの頃の僕は車の運転が少しずつ難しくなり、病院へはバスを使っていたのだ。

――＊――

手当と祈り

聖隷三方原病院の検診日までには数日あった。鎮痛剤などは十分残っていたので、診察がすぐに必要な状態ではない。それでも淳子さんの様子は日を追って激しく変化していった。強い痛み止め薬のためか意識もはっきりせず、口数も少なく、日中もただぼんやりと過ごすことが多くなっていく。

ある日の午後。部屋には坪庭に面した掃き出しの大きなガラス窓から、暖かな春の陽が差し込んでいた。

「愉気《ゆき》して」と、淳子さんが傍らで本を読んでいた僕に言う。

「愉気」とは、掌《てのひら》から「気」を相手の体に送り、自然治癒を呼び起こし、体の中の働きを高めるという考え方で、「野口整体」という昭和初期から伝わる整体法を通じ知っていた。他にも、大学生の頃は時代そのものが自然志向だったせいか、ふたりでヨガや玄米菜食、各種自然療法などのセミナーに行ったこともあった。「愉気」も、知らない人が聞けば、単なるオカルトにも思えるだろうが、「気」という考え方はふたりとも昔から知っていたのだ。

それだけの理由ではなかったろうが、東京に戻ってきた淳子さんはしばらくして鍼灸学校に通い始めた。30代はじめの頃だ。資格を取って、プロとして鍼灸院を開業しようというわけではない。東洋医学に興味があったということは確かだが、もう一度学生という身分に身を置いてみたかったのかもしれない。こういう専門学校は年齢層もさまざまで、高校を卒業したばかりの10代の若い子から、淳子さんより遥かに高齢な、仕事をリタイアして本気で開業を目指すような人までいた。老若男女、いろいろな人が同級生としてしばしば麻布十番の我が家にも遊びに来ていた。

この中には中国からの留学生も多く、後に中国人留学生の身元引受人になるなど、僕たち自身が中国に留学するきっかけにもなっていく。淳子さんはとても真面目に学校に通って成績も優秀だったので、皆のためにノートも完璧に仕上げて試験の度に貸してあげ、ずいぶん感謝されたものだ。結果、卒業の時には卒業生総代で答辞を読んだ。この時の文章は僕が書いた。内容はまったく覚えていないが、少し誇らしい気分だったのは確かだ。

淳子さんは、鍼灸学校を卒業しても趣味のように医古文（中医学の古文書）を読む研究会に参加していた。東洋医学の原点と言われる『黄帝大経《こうていだいきょう》』や『素問《そもん》』は紀元前に書かれた文献だ。これを漢字成立の起源にまで遡って読み解くことが、何かの役に立つとはとても思えない。ただ、後にキリムのコレクションを始める時と同じように、淳子さんには、役に立ちそうもないことにのめり込む、オタク的な奇妙な情熱があった。こんな経緯の後、淳子さんは上海に、僕は北京の中医学院に短期留学することになる。結果、世の中には現代科学では説明のつかない伝統医学の体系があることはよく知っていたのだ。

僕自身の北京での体験だ。気功の先生が5メートルほど離れた場所から、掌を広げ、腕を伸ばした生徒たちに気を放つ。すると、僕の掌に柔らかく重い気体が「ドンッ」とぶつかるのを確かに感じる。科学的には「単なる勘違い」と説明されることかもしれないが、実感として気の存在は経験していた。

科学というのは再現性と普遍性。つまり、何度繰り返しても、どんな状況でも、いつでも誰に対しても同じことが起こることが正しい。しかし「気」はそれを受ける側もトレーニングを積んでいないと感じることができない。近代科学では、自身の科学大系で説明できないことは「ない」ことに、あるいは「まだ科学が説明できないだけ」と解釈する。もしこれを「ある」と認めては、科学という基盤自体が崩壊してしまうから当然のことだ。とはいえ、僕も淳子さんも、その治療効果はともかく「気」という存在が「ある」ことは実感していたのだ。共に実感している以上、それは少なくともふたりの間だけには存在する。

淳子さんは椅子に座り、パジャマのボタンを外し、諸肌を脱いで背中をあらわにする。シミひとつない、本当に艶やかな背中だ。ただ、さすがにやつれて脊椎《せきずい》と肩甲骨《けんこうこつ》が少し浮き出している。白い肌にそっと手を近づける。背骨に沿って掌を降ろし、自分の掌の中心から見えない光が淳子さんの体の奥に放たれていると想像する。

「このへん?」

「もう少し右かな」

自分の掌から熱い塊が出て淳子さんの体の奥まで届くとイメージする。姿の見えない、想像もしづらい膵臓がんという病根を包み、溶かすようにイメージする。自分の掌が少しずつ温かくなっていくのを感じる。眼を閉じ、掌にいっそうの思いを込める。淳子さんも僕と同じように眼を瞑り、僕の手の温かさを感じ取ろうと意識を集中しているのが分かる。僕と淳子さんはこの時、見えない「気」のやりとりでしっかりとつながる。

「ありがとう、楽になった」

どのくらい経っただろうか。淳子さんは笑顔で振り返る。

「結局、最後は『お手当』だなんて。近代医学なんて、細菌学と外科以外はクソの役にも立たないよな」と、僕も笑い返す。

「近代医学は外科と細菌学を除くと意外に無力である」というのは、僕の言葉ではなく、実は東洋医学を学んでいた頃の淳子さんの口癖だった。


そもそも人は人の病を「治療する」ことはできるのか。

なぜなら人にはいつか必ず「治療の甲斐なく」死が訪れる。意地の悪い見方をすれば、あらゆる治療はそれがどんなに進んだ方法であれ、いっとき死を遠ざけるだけの効果、延命でしかない。だから「がんサバイバー」という言葉を聞いた時、とても違和感があった。人はサバイブ——生き延びることは、いったんはできても、永遠にサバイバーであり続けることは、つまりがんからは生還しても、死から逃れることはできない。

詩人・石牟礼道子《いしむれみちこ》に「もだえ神」という言葉がある。

「知り合いが病気すると『もだえてなりともかせせんば』と言う人がいる。何もできないけれど、治ってほしいというういちずな思いが病人の力になれば、という意味」（『春の城』藤原書店刊）。かせせんば――加勢しなくては。すべての治療の始まりは、そんな思いから生まれたに違いない。文学者の田中優子はこの「もだえ神」を「駆けつける。駆けつけるけれども、なにもできないでただ立ち尽くしてもだえているだけ。そのような人の在りようだという」と、石牟礼の言葉を『苦海・浄土・日本』（集英社新書）の中で補っている。

パジャマを淳子さんの肩まで引き上げ、その肩を両手でそっと撫で下ろす。両肩を抱きかかえると、片頬を淳子さんの背に押し当てた。（治るとも治ってほしいともいまは思わない。ただせめてこの時だけでも、少しだけでも楽になってほしい）と、それこそ僕の心は「もだえながら」ただ祈る。淳子さんは一瞬振り向いて、何事かと僕の様子を見ようとしたが、そのまま前に向き直り、じっと動かないでいた。

始まりと同じように、すべての治療の終わり――まさにいまの淳子さんのように――も、実は祈りなのかもしれない。もしそう考えるなら「人は苦しむ者の前ではただ祈るしかない」と思うことは、無力感の諦めとは少し違う。生と死。病と健康。そして治療する者とされる者などの対立を越える何か。祈りの中で一体化する平穏な安らぎの瞬間がある気がしてならなかった。

――*――

【バブルの時代】

文京区役所の前の少々変わった物件から、次に引越したのは麻布十番のマンションだった。戦前には置屋、料理屋、待合のある三業地――花街としても知られ、ずいぶん華やかな街だったという。麻布十番温泉や商店街に残る老舗蕎麦屋などに、そんな歴史の面影も残されていた。ただし地下鉄の六本木駅から徒歩で20分ほど。広尾や芝公園からも同じくらいかかり、後に地下鉄が通じるまでは陸の孤島と呼ばれてもいた。陸の孤島になったのは、路面電車が廃止されたことで交通が不便になり、少しずつ人の賑わいが遠のいていったためだ。ところが皮肉なもので、六本木や新宿にテレビ局が生まれ、ここに出入りする芸能人などが隠れ家的な飲食店と、少しノスタルジックな街の雰囲気を求めて麻布十番に再び集まるようになっていた。

後に「バブル」と呼ばれる熱気の中に突入していく頃だ。

それはどんな時代であったか。

麻布十番にはバブル真っ盛りの6年間住んだが、この間に地上げがらみの傷害・殺人事件が近所で3件も起こった。一度は僕自身が間近で経験した。麻布十番商店街の書店の店頭で雑誌の立ち読みをしていた時だ。どこからかパンッという乾いた花火のような音が聞こえ、しばらくすると人がざわつく気配がする。やがて商店街の道路にひと目でヤクザと分かる風体の男たち4、5人が道路を塞いで制服姿の警察官と怒鳴り合っている。突然、通行できなくなった車はホーンを鳴らすわけにもいかず、戸惑った顔でズラッと列をなしている。後で分かったことだが、どうも隣の喫茶店でヤクザの親分が銃撃されたようだ。救急隊員の応急処置を受けている親分の元に駆けつけようとするヤクザと、現場検証が先だという警察官との間で一触即発の対立になっていたのだ。

同じ町内で、6年で3回の傷害・殺人事件というのはどう考えても平穏とは言えぬ時代だ。いまではバブル時代の象徴のように語られる話。ワンメーターの距離のタクシーに一万円札を振りかざして車を止めるなどという姿も何度も見かけた。なにしろ大手証券会社の新入女子社員のボーナスが、勤続何十年ものメーカー勤務の父親のボーナス金額を上回ってニュースになった時代だ。その新卒社員を確保するために、採用が決まった学生を研修名目でハワイなどに連れ出して、他社の面接を受けさせないように囲い込んだりもした。

僕自身の身近でも似たような話がある。銀座のクラブでピアノ弾きのバイトをしていた女友達がいたが、酔った客がポンとピアノに置いたチップが30万円だった。ちなみにこの時、馴染みのホステスさんへの土産は、手提げの紙袋に入れた300万だったという。

都心のビルとビルに挟まれた2坪ほどのタバコ屋の土地に、何億もの値が付いた。その値が毎月上がっていった。人生のほとんどをタバコ一箱数十円の利益で生きてきた老人が、ある日突然、億という聞いたこともない金額を提示される。しかも「売らない」と言うと、その提示額は毎月勝手に上がっていく。家族で諍《いさか》いが起こり、相続があると憎しみ合って離散していく。この身内のトラブルを不動産屋が利用する。

土地を買うとさえ言えば、どんな銀行も無条件に金を融資した時代だ。土地値——土地の評価額など、高額に書いてあればあるほど、銀行も貸し出しが増えて喜んだ。僕自身、出入りしていた不動産屋で土地の評価金額の欄にゼロの写植を切り貼りして増やし、これをコピーする様子を見たことがある。銀行がそんな子供ダマシのインチキに気づかぬはずはない。世の中すべてにインチキがまかり通ると、誰もそんなことを気にしなくなるのだ。

「バブル」の経済的な過熱は我が家の生活も変えていく。

僕自身の仕事も雑誌のライターから広告関係の仕事が多くなり、やがてまさに悪い意味での時代の最先端、不動産屋のハウスエージェンシー（企業のために、広告の制作などを手掛ける専属の広告代理店）なども手がけていた。飲食店の開業に伴う広告から新聞やテレビＣＭの制作まで。収入は雑誌ライター時代に比べ、ゼロの桁がポンとひとつ増えた。

いま、こうして書いていて気づくが、バブル時代の形容詞は「それは幾らであった」という表現。要はすべてが金額の多寡《たか》で語られるという、かつての日本と日本人が経験したことのない下品な時代になっていたことだ。強欲は美徳になった。美しくはなかったが、刺激的で面白くもあった。こんな時代が来なければ、きっと日本人はロマネ・コンティともドン・ペリニオンとも無縁だったに違いない。銀座のクラブでは、このロマネ・コンティをドン・ペリニオンのロゼ（ピンク）で割って「ロマコン・ピンドン割り」とはしゃぎ、狂乱も絶頂を迎えていた。

聖隷三方原病院

――＊――

転院の事務手続きと最初の診断の日になった。

淳子さんはすでに自分の足で歩くこともできず、義弟が運転する車から病院の玄関口に降りると、待合室に向かう間も車椅子だった。車椅子を押した時、突然に淳子さんの衰えを感じ、心が締め付けられ苦しくなった。ベンチがずらりと並び、順番待ちをする待合スペースの外来患者に混じって、車椅子に乗った淳子さんと順番を待つ。俯いて痛みを堪える姿が辛そうだったのだろう。看護師さんが「時間が来たら呼びますから、カーテンで仕切られた処置室のベッドで横になって待っていていいですよ」と言ってくれる。

カーテンで仕切られた狭いスペース。ベッドに横向きに寝る淳子さんの上から薄い毛布を掛ける。淳子さんは体をくの字に折り曲げ、毛布を頭からすっぽり被った。ふくらみが、淳子さんの体の形を作っている。それを眺め下ろしていると、たまらなく愛しさが湧き上がってきた。僕もベッドの横の椅子に座ったまま体を折り曲げ、上半身だけべッドに預けた。両手ですがりつくように淳子さんの腰から太ももあたりをギュッと抱きかかえる。淳子さんが曲げた膝の間にすっぽりと頭を入れる。

その姿はきっと、母犬にすり寄って抱きつく子犬のようだったろう。そのままどのくらいの時間が経ったのか、淳子さんを抱えたまま僕は眠っていた。カーテンを引く音に顔を上げると、驚いたような顔で看護師さんが立っていた。


淳子さんが診察室に入り、簡単な問診などをしている間、僕はまた検査入院のための手続きに向かう。ここでも最初の窓口は地域連絡室だ。相談したいことがあった。担当者は50代の女性だった。このことは後に義弟から言われたことで、実は、僕自身はまったく気づいていなかったのだが……。淳子さんの病状とこれまでの経緯を地域連絡室の担当者に説明した時だ。部屋から出てからも、僕は立ち話のままずっと話し続け——ほんの5分、10分の時間と思っていたが——実際は1時間ほども担当者を引き留めていたと言われた。

淳子さんの病状の連絡は、淳子さんが指示したようにまず義妹夫婦に伝えた。しかし、その後は僕からは誰にもまだ話していない。多分、この頃、誰かに僕の苦しみや不安を聞いてほしいという思いがとても強かったのだろう。淳子さんの予想よりずっと早く、浜松の家に打ち明けてしまったことで、その気持ちはいっそう強くなっていた。いったん漏れ出した不安の小さな流れは、脆弱《ぜいじゃく》な僕の堰《せき》では支えきれなかったのかもしれない。

僕にも古くからの親友と呼べる人間が何人かはいる。古い付き合いだから淳子さんとの出会いから別れ、そして東京へ戻ってきた一連の経緯も知っていた。ただ、この段階では淳子さんの病気のことはまだ話していない。

「お友達には言わない方がいいと思います。経験上なんですが、お友達との関係が親しければ親しいほどやめた方がいいと思います。そういうケースをたくさん見てきましたから」

地域連絡室の女性は、説明の言葉に困ったような表情で言う。僕は少し戸惑った。

「妻のことも昔からよく知ってるんですけど……」

「でしたらなおさら。返ってご主人が傷つくことになると思います」

「僕が傷つく?」

この言葉は少し意外だった。それでも結局、この時のアドバイスに従った。結果、淳子さんの死後でさえ、かなり長い間、淳子さんのことは周囲に秘密にしていた。しかし後になって、この地域連絡室の担当者の言葉が正しかったことを思い知らされる。淳子さんが亡くなって1年ほどして、初めて友人に淳子さんの死を伝えた時、言われた言葉に愕然《がくぜん》となったからだ。

「なんで皆に知らせて、ちゃんと葬式しなかったんだ？」

ちゃんと……葬式。そうか。世間とはそういうものか。葬式など考える余裕もないほどの悲しみがある。そんな現実に向き合うことができない苦しみがある。この時に思い出したのは、僕自身の母の葬儀だった。それはある意味とても「ちゃんとした」葬式だった。


65歳で肝硬変《かんこうへん》で亡くなった僕の母の葬儀は、横浜の自宅で行った。65歳という年齢は現在の基準からは少し早逝と感じるかもしれないが、半世紀も前のことだ。年齢故に悲しみが増すことは特になかった気がする。葬儀も、斎場で葬儀一切を行う場合と、昔ながらに家に僧侶を呼んで葬儀を行うのと、この頃はまだ半々の時代だった。自宅の葬儀だから近所の人が煮物の大皿と共に葬儀の手伝いに来る。姉の会社からも、総務課の仕事の一環なのだろう、駅からの案内など何人も手伝いが来る。料理が運ばれ酒が振る舞われる。母の兄弟、その子供などの親戚も遠くから来て、久しぶりの邂逅《かいこう》に昔話や近況報告で盛り上がる。酒が入り、仏壇から流れる線香の匂いを除けば、その場の風景は喪服を着た、ただの宴会のようになっていく。座敷の隅では酔った親戚のオヤジが赤ら顔で「酒がないぞ～」と空の徳利を振っている。父も酔って、顔には笑いを浮かべていた。しかし、その心中を思うと、さぞや辛かったろうといまになって分かる。

葬式などそんなものだ。どんな悲しみも苦しみも、所詮は他人の痛みなのだ。僕はお母さん子だから、むろん母の死はショックだったし、悲しくもあった。ただ、後に自分自身が経験して初めて分かるのだが、あの時の父の喪失感と、とうに一緒に暮らしていなかった僕の悲しみとは、やはり少しだけ違う気がする。

葬儀が終われば、親戚は、そして子供たちも帰るべき日常の生活がちゃんとある。その上での悲しみだ。しかし、妻を亡くした時、夫を亡くした時、子供を亡くした時、帰るべき家庭の日常そのものの形は変わってしまっている。かつてあった日々の世界は失われて、もう二度と戻りはしない。

フランスの哲学者ジャンケレヴィッチは、これをもう少し分かりやすく説明する。死には人称で三種類あるという。「一人称の死」は自分の死、「二人称の死」はあなた――近親者の死、「三人称の死」はそれ以外の他人の死。「二人称の死」――最愛の人の死は、例えば親なら過去を、配偶者なら現在を、子供なら未来を失うという。（『死』ウラジーミル・ジャンケレヴィッチ著 仲澤紀雄訳　みすず書房刊）

地域連絡室の女性が「友達に知らせると返って傷つく」と言ったのは、「親友だから自分の悲しみが理解してもらえる」という思いが幻想だからだ。加えて「親友だからこそ分かってくれるはず」という期待が裏切られた時、傷はいっそう深くなる。

「人は他者の悲しみを悲しめない」。「人は他者の苦しみを苦しめない」。

当然とも思えるそんな言葉を心の中でつぶやきながら、感じていたのは限りない孤立感だった。淳子さんに言えば「アナタは甘えん坊だから、他人に期待しすぎるの。だからそんなことを思うのよ」と、きっと笑われただろう。


——＊——

【モンゴルへ】

「仕事をやめる」

と、ある日、突然夫が言い出したら、多くの奥さんは、とりあえずは反対するだろう。それも、次にやりたい仕事があるというならともかく「なんとなく嫌になった」ではなかなか許されないのが普通だ。僕の場合は、はっきりと口に出し「もうやめる」と淳子さんに宣言したわけではない。そうでなくとも「やめたがっているのは気配で分かった」と後に言われた。どんな気配かというと……。仕事の電話（この頃はまだ固定電話が主流でした）が掛かってくると、横で聞いていても受け答えがぶっきらぼうで不機嫌そうだったというのだ。そのうち電話を自分では取らなくなる。仕方なく淳子さんが電話を取る。その受け答えで仕事関係の電話だと分かると、僕はいつの間にかその場からいなくなっていた……らしい。これは後に淳子さんに指摘されたことで、僕自身は電話から逃げた記憶はあまりない。

30歳過ぎまで我儘いっぱいに生きてきて急に生き方は変えられない。責任感がある大人なら、妻のためにとか家族の将来のためにと多少の我慢をするだろうが、それができない。そんなことはしたことがないのだ。しかも「心に染まぬ仕事は嫌だ」からとか、「納得できない文章は書きたくない」とか、崇高な志と理念あってのことではない。

多分、スーツを着た広告屋のオッサンたちと付き合うのが、そしてその先のクライアントと呼ばれるオヤジたちに愛想笑いを浮かべて頭を下げ、意味不明で無内容な話をするのが、そろそろウンザリしてきたのだと思う。ただし、他はいいがハウスエージェンシーだった不動産屋が問題だ。困ったことに、受け取ってきた収入に見合うほどに、深く関わりすぎている。知りすぎてもいる。簡単に「すみません。御社の仕事はもうやめます」と突然言ってなかなか許される雰囲気ではなさそうだ。

そこで考えたのが中国だった。北京に3か月ほど留学することにしたのだ。日本にいなければ文句のつけようもない。タイミングよく、友人の中国人留学生が「外国人向けの気功留学のクラスがある」と教えてくれた。この3か月程前に上海の中医学院に短期留学をした淳子さんからも「中国、ものすごく面白かった」と聞いていた。

淳子さんは僕が言わなくても、僕が仕事にウンザリしているのは分かっている。こういう時、淳子さんは絶対に僕を責めたり咎《とが》めたりはしない。反対すらしない。そういうことが無駄だとよく知っているからだ。幸いなことにバブル景気のおかげで4年や5年は遊んでいられるくらいの蓄えもあった（蓄えといっても、ほとんど株への投資だったから、実際はまさにバブル（泡）のような蓄えだったが、この時はそれがバブルであることなどまったく気づきもしなかった）。

淳子さんは「北京、行ってくれば～」と言った後で、「どうせなら、後から私も行こうかな。日本でひとりで待ってても仕方ないし」と、ノンキなことを言う。こちらの方が「我が家は大丈夫なのか」と心配になったくらいだ。

ホスピス病棟

――＊――

聖隷三方原病院での担当の医師は40代後半だろうか。緩和ケアではなく腫瘍《しゅよう》内科が専門だったと思う。現在ほど緩和ケアという分野が独立した地位を得ていなかった気がする。先生は中肉中背で、口数の少ない生真面目なタイプに見えた。午前中に回診に来たかと思うと、夜遅くにも病室に顔を出してくれる。世間が休日の日の早朝や深夜など、思いがけない時間帯にも顔を出す。「変わりないですか」と声をかけるだけだが、これには淳子さんとふたり、首を傾げた。

「あの先生、あれで家に帰っているのかね。独身ってこともないだろうけど」

「幾つぐらいだろう」

そこである時、「先生、お幾つなんですか?」と何気なく僕が聞いた。医師は突然、固まったように動かずしばらく考え続け、聞いたこちらの方が間が持たなくなって、淳子さんと顔を見合わせて戸惑う。ずいぶん経って、ようやく口を開いた。

「それは……個人情報ですから。じゃ、今日はこれで」

「あ、あ……そうですか」

　この何年か前に個人情報保護法が施行されて、流行語のように扱われた時期があった。もちろん先生にそんなつもりはなかっただろうが、その受け答えにふたりで思わず笑いをこらえる。先生が病室を出てしばらくして、「年齢は個人情報だってさ」と、僕が言うと、「確かにこれ以上の個人情報はないけどネ」と、淳子さんもおかしそうに言う。

「お愛想で聞いただけで、別に先生の年齢なんて興味ないのに。お前は女子かよ」

　ふたりで大笑いになった。何日ぶりだろう。淳子さんが心の底からおかしくてならないというように、思いっきり口を開け、歯を見せ、眼を細めて笑っている。

「個人情報です……だってさ」僕が繰り返したその言葉が、笑いのツボにはまったようで、ベッドで上体を起こしていた淳子さんは体を折り曲げ、笑い続けた。先生の生真面目さと、その生真面目さが図らずも与えてくれた病室の笑い。ふたりとも心の中で思っていた。「いい先生でよかった」と――。

　何日後かのことだ。この先生から一度ホスピス病棟を見てみないかという話になった。ホスピス病棟といっても、建物が病院から完全に独立しているわけではなく、病棟ビルの1階部分に併設されていた。淳子さんを乗せた車椅子を押す。

「順番を待っている人がたくさんいますから、一応いまからリストにだけでも登録しておいたらどうでしょう。体調によっては、順番が来る前にキャンセルして自宅に戻られてもいいですし、逆に自宅療養していて、ホスピス病棟で入院することもできますし」

と、わざわざ先生は自分でホスピス病棟を案内してくれた。

ホスピス病棟は入ってすぐにロビーのような広い空間があり、家族が作るのだろう、横には8畳ほどの大きめの共同キッチンが併設されている。患者と家族が過ごす部屋も8畳ほどだろうか。1階の庭に面し、一部屋一部屋が独立し、部屋から直接外の庭に出られるようにもなっていた。室内は板張りの一部に畳が敷かれているが、家具のようなものはない。実際使う時は患者用のベッドが入るのかもしれない。布団を持ち込んで患者と一緒に寝泊まりもできるようだ。建物の配置だけ見れば高級旅館の離れ部屋のようにさえ見える。

「食事も付いて1日1万円なら、個室の病室より安いくらいね」

淳子さんは、はしゃいだように明るい声で言う。

「安いとか高いとか……そのくらいの金額、どうでもいいだろ」

「えっ、どうして。こっちの部屋の方が広いしキレイだし、得じゃない」

本心なのかふざけているのか、（こんな時に損とか得とか、バカな話をするな）と、口には出さないが、僕は少し不機嫌になった。ムッとしたまま淳子さんから視線をそらし、部屋を見ると、ドキッとしてしばらく動けない。心臓の鼓動が早くなるのが分かる。あの時、なぜそんなことを思ったのか、なぜあんなに小さなことに衝撃を受けたのか、後になって気づいた。

ホテルと旅館の空気感の違いをご存じだろうか。ホテルはそれがどんな安ビジネスホテルでも、清掃の要は前泊の客の気配を消すことにある。風呂もトイレも、いちいち客の視線になって見えるものすべてを確認する。逆に和風旅館はどんなに高級でも他の客の気配は部屋の隅々に残る。例えば磨き上げられた柱や畳みのかすかな擦れ、黒光りする廊下板さえ、むしろ高級旅館の伝統を作る空気感の一部となる。

僕がこのホスピス病棟の壁で見つけたのは小さな小さなシミだった。それは無菌状態にまで整えられたホテルの中に紛れ込んだ旅館的な空気感だった。生活という時間の体積が感じられない、どこかホテルのような清潔で無機質な病院の部屋で、小さな小さな黒いシミには、唯一生々しい現実感があった。かつてそこに人が生きていた、そして、そこに人の死があったという事実。

淳子さんに言えばきっと「何をバカなこと」と笑われることは分かっていたから、何も言わなかった。「この部屋は嫌だ。ホスピス病棟は嫌だ」。そんな感傷的な拒否の感情など、実は後付けだったのかもしれない。本当はホスピスの順番を待つリストにただ淳子さんの名前を書きたくない。それは多分、淳子さんを死の順番待ちの列に並ばせたくないという、諦めの悪いあがきの気持ちだったのかもしれない。

この病院はキリスト教系のためか大きな礼拝室も併設されていた。

「礼拝もやっていて、キリスト教徒以外でもどなたでも参加することができます。もちろん強制などではありませんけど」と、先生が説明してくれる。

礼拝室は十字架の光を背に聖卓が設けられ、これに向かって20脚ほどの椅子が、一ミリのずれもなく整然と、凜と美しく並べられている。僕たちは、キリスト教ではないし何物かを信仰するということはまったくない。そのことは互いによく知っていた。それでも、ホスピス病棟の壁のシミが気になった僕には、礼拝堂は人の苦しみとは無縁な、静謐《せいひつ》で神聖な美しい空気に満ちているように感じられた。

もしあの時、電話先での女性中国大使館員の対応がもう少しまともだったら、そんな面倒なことは考えなかっただろうと後々思った。中国をオートバイで走りたいと言った時だ。電話口の大使館の女性が驚いたような声を出す。

「北京に留学に行くから、日本からオートバイを持って行きたい？」

「ええ。学校関係の書類は揃っていますし、国際免許はもちろん取りますが、他に何かバイクを持ち込むための通関手続きに必要な申請書類とかあれば……」と、僕が聞いた時だ。

「フンッ。そんなことはできない」

電話の向こうで女性があからさまにフンッと鼻で笑ったのが分かる。これにはさすがに腹が立った。ものには言いようというのがあるではないか。

「一応、3か月ですが留学生の資格で……」と、なおも説明しようとするとガチャンと突然、電話が切られた。

――*――

【奇跡の再会】

オートバイというのは、最初は単なる思いつきだった。ちょうどこの頃、オフロードバイクに凝っていた。どうせ中国に行くなら、中国大陸を走ってみたい。そもそも留学の目的は勉強ではなく日本を脱出することだから、時間はたっぷりある。「絶対に中国をバイクで走ってやる」と、大使館員の対応に、無駄な決意を固めたのだ。

しかし、後に分かったことだが、当時の中国はそもそも外国人が自行機（車、バイク、自転車）を国内に持ち込み、運転すること自体を法律で禁じていた。国内を外国人が立ち入っていい解放区と未解放区に分けていたが、自行機があると勝手に未解放区にまで立ち入ってしまうことを案じての策だったのだろう。この未解放区の意味だが、軍事や保安上の理由だけではなく、当時の中国ならではの貧しい田舎の実態を外国人から隠すという意味もあった。つまり外の人間には見られたくない場所というわけだ。

それでもツテを辿ってバイクを入手した。内蒙古の首都呼和浩特《フフホト》を出発し、ゴビ砂漠をぐるっと周回して1か月ほどで戻る予定だった。走り出して1週間が経った頃、モンゴルの移動テントであるゲルに泊まり、朝、太陽の光の中でのんびりと歯を磨いていると、町の公安にアッサリと逮捕されてしまった。

結果、諸々あって、僕たちは内蒙古を追い払われ、公安監視のもと、北京に戻ることとなった。当時、外国人が無許可でバイクを持ち込むというようなケースはなかったので（帰国してから前年にドイツの夫婦が自転車を持ち込んでやはり強制送還されたことを知ったから、僕たちが初めてというわけではなかったが）、処分に困って追い返したというのが実情だったのかもしれない。

北京に戻る途中、ずっと監視がついて部屋の中に幽閉されたわけではない。ただし、バイクは取り上げられ、トラックの荷台に乗せられて動かせないから、逃げようもない。仕方なく、部屋の窓からボンヤリと外を眺めて過ごした。10階建てほどのホテルの窓からは、敷地を囲むように塀が巡らされ、塀の外は低層の民家が遠くまで建ち並び、屋根からは石炭を燃やす煙が方々に立ち上がっている。部屋からホテルの門扉が見えた。建物の入り口までは50メートルほども離れている。

ホテルに軟禁され2、3日した頃だったろうか。この門を通って、建物に向かってくる人影が見えた。女性らしいふたり連れだ。服装から、どうも中国人ではなさそうだ。洋服の色合いが明るい。この時代、内蒙古だけではなく、中国の庶民の服装は灰色や紺のくすんだ色ばかりだった。肌の色から東洋人と分かる。ひとりが顔を上げる。驚いた。

窓からもハッキリとその表情が見えた。淳子さんだった。

「お〜い」と、声を出して手を振る。

淳子さんも僕に気づいて笑って手を振る。

北京を離れ、内蒙古に来てからは電話など一切していない。淳子さんも友達と北京に旅行に行くとは聞いていたが、コースなども知らない。淳子さんにしても、僕たちが内蒙古のどこかを走っていると思っていたが、まさか捕まってこのホテルで軟禁されていることなど夢にも思っていなかった。

内蒙古自治区の面積は日本の3倍ほどある。国土の多くは砂漠地帯だから、そもそも都市も多くはない。それでも、あの時、淳子さんと偶然にホテルで会ったのは奇跡のような確率だったに違いない。淳子さんとは2泊ほど一緒に過ごし、「北京に戻ったらカレー食べたいね」と言って別れた。


不思議なことに、その時は自分たちの偶然の邂逅を奇跡とは思わなかった。買い物に行った淳子さんと、青山通りでバッタリ会った程度の驚きしか感じなかった。どんな不思議も、その渦中にいる時は、何の疑問も抱かないのかもしれない。それは多分、中国での偶然の出会いだけではなく、日々共に暮らし共に生きていく。その生活が永遠に続く。そのことに何の疑問も抱かないのと同じだったのだろう。

北京に戻り、ホテルのロビーで最初に見た英字新聞の見出しには、紙面の1／3ほども使って巨大な文字がこう踊っていた。「NEWYORK CRASH!」。世界的な株価暴落。いわゆるブラックマンデーの知らせだった。すぐに国際電話を証券会社にかけて売却すれば多少の金額は手元に残せたかもしれない。しかし、ずっと砂漠をオートバイで走った後である。3日走っても雲の形も道の形もろくに変わらない砂漠だ。周囲の風景は停まっているかのように感じる。バイクが進んでいることは、かろうじてその振動とエンジン音でしか感じられない。そんな生活を1週間送った後で見たニュースだ。頭の中には多分、まだ砂漠の砂がギッシリと詰まっていたに違いない。株の処分などにまったく考えが及ばなかった。

結果、バブルの6年間で残った我が家の蓄えは、たちまち消えることとなる。

——＊——

曖昧な記憶

ホスピス病棟を見た数日後。その日は内科の診察があり、車椅子に淳子さんを乗せ、診察室に向かった。この病院も建物を増築し続けてきたせいか、診察室の建物は渡り廊下のような物でつながれている。廊下は緩やかな傾斜になっていた。多分、ぼんやりとしていたのだろう。ここに車椅子を乗り上げた時だ。少し段差があって一気には乗り越えられない。軽く押したつもりが、思いのほか力が入っていた。いったん段差を乗り越えると今度は車椅子に勢いがつき、加速する。ハッと我に返り、あわてて腕に力を入れ引き留めようとしたが、坂を動き出した車椅子は手先の力だけでは停まらない。ズズズと足下が滑っていく。慌てて脚に力を入れ、体を反らせようように踏ん張り、ようやく車椅子を止めた。

「どうしたの？　大丈夫？」と、淳子さんは僕を振り返る。

「ごめん。ちょっとボンヤリして……」

と答えたが、実際はうまく頭が働かなかった。この頃、ものが考えられない空白の時間がしばしば訪れるようになっていたのだ。車椅子のまま診察室に入り、しばらくして出る。と、診察室を出るなり、車椅子から振り向いた淳子さんの表情は、いつになく険しいものだった。

「何であんな顔するの。ダメじゃない！」

珍しく強い口調だ。

「あんな顔？」

「ムスッと怒った顔で押し黙っちゃって。ひと言も口きかないで。あれじゃどっちが患者でどっちが付き添いなのか分からないわよ」

言われてみれば、淳子さんは自分の現在の病状から今後、自宅に戻って療養したいなど、時折は笑顔を交えて説明していた気がする。確かにそれに比べ僕の方はただ床を睨み付け、押し黙っていたかもしれない。


自分では気づいていなかったが、この頃の僕の精神状態は限界を迎えていた。

この日だけではない。実は記憶全体もかなり曖昧だ。例えば淳子さんが入院していた聖隷三方原病院の病室の細部がどうしても思い出せない。部屋は諏訪中央病院の半分程度の広さで6畳ほどの個室。淳子さんが眠るベッド、その足下に付添用のベッドを入れてもらい、かなり手狭になっていた気もする。そこまでは覚えているが、色彩の感覚がまったく欠落している。

そんな中で唯一鮮明に記憶していることがある。淳子さんが眠るベッドの反対側の壁には作り付けの机があり、病院に行くと、この上にノートPCを置いて淳子さんに背を向ける形で原稿を打っていた。この病室で打った漫画『バーテンダー』のための1本の原作だけは、忘れることができない。背中に眠る淳子さんの気配を感じながら、泣きながら書いた回だったからだ。「巨象」というタイトルだ。

ヒロインの祖父が己の死を覚悟して、車椅子を孫に押され、最後にバーを訪れるという話で、普通に考えればバー漫画にふさわしいとは言いにくい話だ。この中で引用したアメリカ・インディアン、プエブロ族のナンシー・ウッドの詩自体は有名なもので、昔からよく知っていた。それでも、どうしてこれで一話を作ったのか――話を作ったと言っても、実は他にあまりエピソードもなくこの詩だけのための回だったが――自分でもよく分からない。

この頃の記憶がまだら模様に消えているにもかかわらず、この詩をキーボードで打ち込んだ時のことだけはいまでもありありと覚えている。思い出すといまでも胸が詰まったように苦しくなる。

書きながら涙が流れ、淳子さんに気づかれまいと堪える嗚咽に息が詰まる。キーボードを打つ指が震え、その指の上にボタボタと大粒の涙が落ちた。それでも後から後から眼に涙が溢れ、ディスプレーの文字が滲むので、ゴシゴシと乱暴に眼をこする。

今日は死ぬのにもってこいの日だ。
生きているものすべてが、わたしと呼吸を合わせている。
すべての声が、わたしの中で合唱している。
すべての美が、わたしの目の前で休もうとしてやって来た。
あらゆる悪い考えは、わたしから立ち去っていった。
今日は死ぬのにもってこいの日だ。
わたしの土地は、わたしを静かに取り巻いている。
わたしの畑は、もう耕されることはない。
わたしの家は、笑い声に満ちている。
子どもたちは、うちに帰ってきた。
そう、今日は死ぬのにもってこいの日だ。

（『今日は死ぬにもってこいの日』ナンシー・ウッド著　金関寿夫訳）

――＊――

精神科の診察を受ける

淳子さんの診察が終わって数日後のことだ。病室を出て帰ろうとする僕を引き留めて、淳子さんが真剣な顔で言う。

「明日、遅れちゃダメだからね。起きられる？　電話しようか？　精神科の場所分かる？」

「大丈夫だから」

淳子さんは何度も何度も念を押し、それでも心配だったのか、当日の朝にも確認のメールが携帯電話に入ったほどだ。

「バスに乗れた？」

「もうバスの中」

「病院に着いたら下のスターバックスでカレー味のパンを買ってきて」

「了解」

メールのやりとりを思い出すと、僕が病院にちゃんと来られるのか、心配になるほど僕の様子は何かおかしかったのかもしれない。不思議なのは、本人にはまったくそんな自覚がないことで、寝不足で少しボーッとしているが、自分は正常だ、普段と変わりはない。と、どこか思っていた。冷静に考えれば、普段と変わらぬ精神状態であるはずはないのだが。

いまではがん患者の家族の精神的なケアは、がん患者治療の一環のような気がする。専門の遺族外来などを開設する病院も多くなった。しかし、この頃は家族のケアはそれほど一般的なことではなかっただろう。僕の精神科診察が、淳子さんが提案したことなのか、それとも主治医のアドバイスだったのか、いまとなっては分からない。

聖隷三方原病院の精神科。予約時間に受付を済ませると、問診票が渡された。こんな質問に眼が行く。「診察には自分で来ましたか、誰かに連れられて来ましたか」。いわれてみれば、本人にはまったく自覚はないのに、周りは明らかにおかしいと気づいて――時には無理矢理にでも――連れて来ることはあるかもしれない。

しばらくして診察室に入る。妙に狭い部屋だった記憶がある。どうしても専門医に聞いておかなければならない質問があった。

「僕に、自殺の可能性はありますか？　妻と約束したので。後追い自殺はしないって」

自分で言いながら、その口調もどこか淡々として他人の説明をしている気になっていた。問診票にあるように自分の意志でここにいる感じがしない。自分の中にもうひとりの自分がいて、そのもうひとりが、患者である僕を連れて来たような奇妙な気分だ。

医師は少しだけ考えて「多分、自殺の心配はないでしょう」と言う。

その言葉を聞いて（ま、そうだな。本当に自殺の危険がある患者は、自分は自殺するだろうかなんて客観視はできないだろう）とは思った。ただ、とても不思議なのは、自分自身が「乖離《かいり》」して自分がふたりいるような感覚があったことだ。僕は精神科医の前に座って確かに診察を受けている。しかし、もうひとりの僕が、診察を受けている自分の姿をなぜか天井の角、ちょうど医師が座るその頭上から俯瞰《ふかん》で眺めているのだ。

結局、処方されたのは軽い抗うつ剤と、どうしても不安でいたたまれない時に飲むようにと指示された頓服薬《とんぷくやく》だった。しかしこの後、僕の精神状態はますます不安定になっていくが、このことも自分自身ではまったく気づかずにいた。

5

最後の部屋、4月。

「愛おしくて、ならない」

最後の部屋

改装を頼んだ部屋の建物は母屋の前、道路を隔てた3階建ての鉄骨建築で、1階は車4、5台が入る駐車場、2階は奥に和室の客間が2室。残る広いスペースは義父のいわばプレイルームで、ビリヤード台や麻雀卓が置かれ、近所のお年寄りたちがしばしば集まっていた。この頃、甥っ子は母屋に部屋を持ち、3階には義妹夫婦の寝室と姪のHちゃんの部屋があり、他に使っていない空き部屋がひとつあった。改築中のこの空き部屋はHちゃんの部屋の隣で、キッチンとベランダにつながっている。すでに改装の済んだキッチンを抜け、部屋に入ると、壁の張り替えは済んでいて、部屋はかすかに木の香りがした。薄板を壁に重ねた内装は、山のログハウスと同じようにも見える。

改装工事はまだ完全には終わってはいなかったが、注文してあった真新しい電動ベッドだけは、組み立てが済んで部屋の中央にポツンと置かれていた。他に何の家具もない空っぽの部屋の中で、行き場の定まらぬままに放置されたベッドは、少し不安げに見えた。

このベッドは、青山で淳子さんから最初に膵臓がんを打ち明けられた時、あらかじめ注文しておくように言われたリスト品目のひとつだ。ボタンひとつで上半身を起こし、足の部分も電動で膝から折り曲げることができる。病院などで使う食事用のトレーも取り付けられていた。値段は20万円ほどだっただろうか。

「後で請求すれば介護保険で戻って来るからね。ちゃんと領収書もらって、取っておくのよ。ベッドは私が使い終わったらバアバにあげればいいからね」

と言われて注文したものだった。

（介護保険とか領収書とか、そんなことどうでもいいでしょ。私が使い終わったらって……。終わったらって……。何のことだよ！）

そう思ったことを覚えている。同時にこの時、オットマン（足乗せ）のついたリクライニングのソファーも買って、これは八ヶ岳の方に送るように指示されていた。少し背もたれを高くすると、痛みが楽になるためだったのだろう。

蓼科の別荘で過ごす間、日中はこのソファーで。やがて浜松に行く頃は、普通のベッドでは体も起こせなくなっているだろうし、ベッドの上で食事もすることになるから介護用ベッド。膵臓がんが発見された直後だ。僕には一切見せなかったが、本当は動揺や不安もあったはずだ。それなのにその後の自分の体調の衰えを予想してソファーやベッドの必要を考えていた冷静さに、あらためて驚く。

聖隷三方原病院を退院し、浜松の家に戻ってきた頃からは、淳子さんは自分ひとりで歩くのは困難になっていた。入院から戻った日、3階に向かう外階段を、体を支えながら一緒に昇る。一段ずつ昇る。一段昇っては休む。また昇る。淳子さんは顔を上げ、休み休み、一歩一歩階段を昇る。途中2階の部屋でしばらく休み、ずいぶん長い時間をかけ3階の部屋に辿り着いた。この時の足取りの重さを思えば、この階段を二度と自分の足では歩いて降りられない。ここがふたりの最後の部屋になる。そう思ってもいいはずなのに、淳子さんも僕も、そのことにはまったく気づかなかった。

そもそも、余命3か月と言われ、1週間が経ち、2週間が経ち、1か月を経ても「残りの時間」を考えたことは一度もなかった。意図的に考えまいとしていたのではなく、まったく考えなかった。確かに病状は進み、1か月前に比べれば状態が悪化していたのは事実だろう。だが1か月前を振り返り、いまの方が具合が悪くなったとは嘆かなかった。同時に、未来にある「死」を思って不安になることもなかった。どんなに病んだ淳子さんであっても、それが「いまの淳子さん」だった。

思い返すとこの時の気持ちは、古代ギリシャ、ゼノンの『アキレスと亀』の有名なパラドックスと酷似している。亀が歩み出してから、少し遅れてアキレスが後を追う。アキレスが亀がいた地点に辿り着くと、亀はほんの少しだけ前に進んでいる。再びアキレスが亀がいた地点に辿り着くと、亀もまた少しだけ先に進む。これを無限の時間の中で繰り返すとどうなるか。アキレスと亀の距離は限りなくゼロに近づくが、決して追いつくことはない。この話の要は「無限の時間」という前提にある。

亀は淳子さんであり、後から追ってくるアキレスが「死」であった。病状は日々悪化し、その歩みはどんどん遅くなっていく。食べられない、眠れない、痛みも増していたかもしれない。それでも一歩一歩、それこそ亀の歩みでいまのこの一歩だけを見て生きていた。迫ってくるアキレス——死を振り返り見て恐怖や不安に立ちすくむことは決してなかった。

「あんなに先のことまでよく見通せる頭のいい子だったのに、どうして自分のがんのことは分からなかったのかねぇ」と後に、義母が深いため息交じりに言ったことがある。

淳子さんは確かに先を見通す賢い冷静さはあったが、そのことで不安がるということはなかった。先を憂えない。過去を振り返らない。病気になる前から、さながら階段を一段一段昇るように、その時々に自分が置かれた状況に動揺せず、与えられた眼の前の一歩だけを——まさに亀のように——淡々と見つめて生きてきたような気がする。

甘えん坊な僕と違って、周囲の世界に過剰な夢や希望を持たないその視線は、常に少しだけ冷ややかだ。本人は語らなかったが、養女として育った「聞き分けのいい箱入り娘」でいなければならぬ過去に、その理由があったのかもしれない。「世の中には自分の思い通りにならない運命もある」。そのことを恨むでも憎むでも逆らうでもなく、自然に受け入れる姿勢が子供の頃から身についていた。諦めとは少し違う、落ち着いた覚悟のようなものだったろう。とても強いけど、とても孤独だったに違いない。そんな生き方の姿勢は、最後の最後までぶれることはなかった。立派だけど、立派過ぎてとっても可哀想だ。

思っていた。死は、生の先で待ち構えているのではない。人は待ち構える死を目指して、日々近づいてくる死を、恐れながら生きているのではない。逆なのだ。死は常に、生の後からただ追いかけてくる。しかし決して追いつけない。生ききった最後に、その息が止まった瞬間、死はようやく生に追いつくことができる。

「大丈夫。死ぬことなんて怖がらなくていい。生きているうちは死は絶対に追いつけないんだから」

淳子さんの生き方は僕に、そんなことを教えてくれた気がする。

この頃に処方された薬は以下のようなものだ。痛み止めやそのための吐き気を抑える薬、消化機能が落ちて（そもそも固形物もあまり摂れなくなっていたが）便秘になるので、そのための下剤など、対症療法的な薬ばかりだ。

①デュロテップMTパッチ2・1㎎　4枚　3日に1回　1日1枚貼付
②リンデロン錠0・5㎎分1：朝食後　9日分
③ハイペン錠200㎎分2：朝夕食後　9日分
④酸化マグネシウム　分3：毎食後　10日分
⑤ナウゼリン坐剤60㎎　1個　吐き気時　10回分
肛門内に挿入してください。眠気に注意。説明書をお読みください。
⑥ラキソベロン液10ml　1日1回　1回10滴服用
服用に際しては説明書をお読みください。
⑦オキノーム散0・5%　1包　疼痛時　20回
眠気を催す場合がありますので、自動車の運転など危険を伴う機械の操作にご注意ください。

処方内容は聖隷三方原病院でもらったものだが、自宅に戻ってきてからも日常の薬の内容はあまり変わらなかったと思う。

——＊——

【犬と子供】

中国から戻り、しばらくして麻布十番から引越したのは世田谷区の用賀だった。渋谷から電車で15分ほどの住宅地だ。友人から、この45㎡ほどの小さな部屋を買って引越したのには理由がある。近くに砧《きぬた》公園という大きな公園があったためだ。

いまでは考えられないことだが、この頃は公園内の一部の広場では犬のリードを離すことができた。近所はもちろん、遠くからも車に乗せ、いろいろな犬種の犬たちがやってきては走り回っていたのだ。この引越しを機に、淳子さんは犬を飼いたがっていた。子供の頃からずっと犬がいて、さまざまな犬種と暮らしてきた淳子さんに対し、僕は40

歳になったこの時まで犬と暮らしたことがない。犬と暮らす生活の想像がつかない。

「え〜、犬なんか飼うと旅行に行けなくなるよ」

「ま〜、そう言わずに、見に行くだけでも一度行こうよ」

こういう時の淳子さんは周到だ。インターネットのない時代（とはいえパソコン通信はあったが）どこで調べたのか近所にラブラドール・レトリバーのブリーダーがいるからというので、乗り気がせぬまま付き合った。ラブラドール・レトリバーがどんな犬なのかもよく知らない頃だ。

ブリーダーさんの家は、古くから世田谷に住む、元々は農家だったのだろう。引き戸の大きな玄関を開けると広い三和土《たたき》があって、犬用のケージがふたつ置かれ、中には黒と茶のレトリバーが座っている。何度も言うが僕は犬を飼ったことがない。そういう人間が35キロほどの犬を見ると、最初に感じるのは恐怖だ。

広い三和土から一段上がったリビングに椅子とテーブルがある。この椅子に座り、出されたお茶などを飲んでいると、若いご主人は気を利かせたつもりか、２頭のケージの戸を開けてくれる。犬たちが一目散で飛び出し、こちらに向かってくる。僕としては逃げ出したいところだが、体が椅子にへばりついて、せいぜい、上半身を後に反らせるくらいしかできない。顔はひきつっていたが、ご主人に悪いので必死の笑顔を作る。……

と、犬は椅子に座った僕の膝の上に前足を乗せ、嬉しそうに顔を近づけてくる。巨大な顔だ。ハァハアと激しい息づかいと長い舌が迫ってくる。怖い！　淳子さんはと見れば、犬の首に腕を回し、抱きかかえんばかりに愛撫している。しばらくして、犬たちはケージに戻り、今度は生まれて少し経ったばかりの子犬を見せてくれる。

恐る恐る抱きかかえる。これは可愛い。ぬいぐるみが動いて、眼をクリクリさせて懐いてくるのだから、どんな犬嫌いでもこれには降参する。

この時の子犬たちは、迷っているうちに行き先が決まってしまったが、淳子さんはもちろん、僕の中でも犬を飼うことは既定路線になっていった。後は何を飼うか。犬種図鑑を調べるのは楽しい作業だった。いまなら保護犬を引き取るなど、いろいろな方法もあるが、当時はそんなことも知らなかった。ペットショップも見たが、できれば、ブリーダーさんから直接買いたかった。結果、いろいろな経緯を経て、九州のブリーダーさんからレトリバーの一種であるフラット・コーテッド・レトリバーの子犬が来ることとなる。当時は扱うブリーダーさんも少なく、少し珍しい犬種のレトリバーだった。

羽田空港に迎えに行く。飛行機の貨物室から降ろされたケージの隅に縮こまり、黒い子犬が震えている。淳子さんが手を入れ、ケージからそっと引き出して抱きかかえる。両手で高く空に差し上げる。その時の淳子さんの満面の笑顔は本当に嬉しそうだった。

名前はジルと付けた。偶然にも僕も淳子さんも同じジルという名前を考えていたが、その理由はずいぶん違っていた。淳子さんはF1のドライバー、ジル・ヴィルヌーヴ（当時現役だったジャック・ヴィルヌーヴの父親で、レース中に事故死した）から。僕はといえば、女優のジル・アイランド（雄犬だったけど）を思い浮かべていた。一見おっとりと大人しい淳子さんの方が、僕よりF1とか格闘技観戦が好きだった。そんな記事を読むためだけに地方紙をわざわざ購読していたくらいだ。

「犬を飼うなんて、子供諦めたの？」

と知り合いに聞かれ、世間はそういう考え方をするのかと、むしろこちらが驚いた。淳子さんが東京に戻り、結婚してからふたりの間で子供をどうするかなど話題に出たこともない。積極的な考えがあって子供はいらないと思っていたわけではない。授かりものだから、できたらできたでいいし、できなければそれでもまったくかまわないと思っていただけだ。これは僕の考えで、淳子さんが本心でどう思っていたかは分からない。ただ、知人が言うように「どうも子供ができそうもないから犬でも飼うか」とは思ってはいなかったろう。淳子さんなら生まれたばかりの赤ん坊と子犬が同時にいても、自分自身がそうやって育ってきたから、なんの気にもしなかったはずだ。

そして、40歳になって黒いワンコが我々家族に加わることとなる。

――＊――

CARE（ケア）とCURE（キュア）の間

改装が済んだ新しい部屋に移ってから、淳子さんは一日のほとんどをパジャマ姿でベッドの中に横たわった状態で過ごすようになっていく。犬たちは、母屋で実家の小型犬たちと遊び、夜になるとそのまま母屋の台所で寝た。僕も散歩には連れ出したかもしれないがあまり記憶にはない。会社から戻った義弟や淳子さんの世話の合間に義妹や甥、姪が連れて行ったのだろう。僕はもう、ほとんど戦力にならない。多分、淳子さんと僕、ふたりそのまま浜松の家では手のかかる要介護者になっていた気がする。

昼間、義父母は少しだけでも淳子さんと一緒にいたいのか、衰えて痛みの出た足をひきずるようにして3階まで来る。階段を昇るのは一苦労だったはずだが、日に何度も往復する。ベッドに座り、上半身を起こした淳子さんと話していく。特に話題があるわけではない。とりとめもない、ただの世間話や子供の頃の思い出話だったろう。時折、楽しげな笑い声も聞こえた。そんな時、僕は邪魔をしないよう、できるだけ席を外すようにしていたつもりだ。そのうち「オジチャンが、淳子に会わせてくれない」と、義妹を通して不満を言われた。無論、僕としてはそんなつもりはない。ただ、3階に行ってもいいかと電話があると、つい「ちょうどいま、寝たところだから」と何度か断ったことはある。

もちろん意地悪ではない。ただ、祖父母と話す時は明るい笑顔を作り、心配をかけぬようにと無理に元気な様子を作っていることは、僕には分かる。「疲れたから少し寝るね」と、祖父母が戻ると、必ず布団を被ってしまう。そんな時、僕だけが取り残されたような、少しだけ寂しさを感じたのは確かだ。ふたりだけの時間を義父母に奪われたような気がしたのかもしれない。冷静に考えれば、義父母にとっても淳子さんとの残された時間を僕に奪われる。同じことを感じていたと分かって当然だが、そんなことを慮《おもんばか》る気持ちの余裕はなかった。

数日後。在宅医のスタッフたちが来た。在宅医や訪問看護師の他、麻酔の専門なのか、痛み止めのスタッフも同席し、週に何回の訪問にするか、訪問時間はどうするかなどを決めていく。10畳ほどの部屋が突然、何人もの人間でいっぱいになる。義妹も立ったまま入り口で話を聞いている。医療用麻薬の説明と使用法、それを処方した時の量と効果などを記録するノートも渡される。

麻薬系鎮痛剤のオキノームはこの時が初めてではなく、諏訪中央病院でも、聖隷三方原病院でもすでに必要になっていた。飲み薬の他、腕に貼って皮膚から吸収させるパッチ式のものもあった。記録のノートは、1から10まで数字が刻まれたメモリに、痛みのレベルがいくつくらいだったか自分で書き込むことになっている。

聖隷三方原病院でのことだ。医師が「痛みが10段階でいくつなんて聞かれても、なかなか自分では分かりませんよね」と笑顔で言うと、淳子さんは「いえ、夜中に目が覚めた時の痛みは少し強くて、我慢のできるギリギリで7くらい。朝には少し収まって4ぐらいです。でも2以下にはなかなか下がりません」

日頃は無口な医師の顔に、少しだけ驚きの表情が浮かんだ。僕はちょっと嬉しくなる。それはさながら、子供が自分の母親を褒められたような、誇らしいような気持ちだったのだろう。その痛みは、いつも淳子さんがからかうように「僕では絶対に我慢できない」痛みだったはずだ。

「人生会議」

人生の最終段階における医療・ケアについて、本人が家族等や医療・ケアチームと繰り返し話し合う取り組み、ACP（アドバンス・ケア・プランニング）について、愛称を「人生会議」に決定しましたので、お知らせします。（中略）「人生会議」は、今後、ACPの普及啓発に活用し、認知度の向上を図っていきたいと考えています。また、11月30日（いい看取り・看取られ）を「人生会議の日」とし、人生の最終段階における医療・ケアについて考える日とします。（厚生労働省ホームページ）

「人生会議」とは、具体的には緊急時に心肺蘇生や胃瘻《いろう》など、延命治療をするかを家族や介護・医療者とあらかじめ決めておくという「会議」のことだという。

淳子さんの膵臓がんが分かった時、「痛み止めだけで、積極的な治療はしない」と漠然と決めていたが、いざという時のことなどふたりで具体的には話し合ったことはない。浜松の家に戻って在宅医や麻酔の専門家、訪問看護師などが一同に会した時も、訪問回数や麻酔系鎮痛剤の使い方説明などで、それ以上に踏み込んだ「看取り」などの相談はしなかった。

ただしこれは10年以上も前の話だ。いまならこの「人生会議」を開くだろうか。淳子さんなら多分「バカバカしい」と鼻で笑うだろうなと思った。

「いい看取り、いい看取られで11月30日……」。こういう薄っぺらな語呂合わせのスローガンで死を矮小化《わいしょう》する医療や介護体制には絶望しか感じない。厚労省の役人は死にゆく両親の、妻の、夫の、子供の枕元で本当に言えるのか。「今日は11月30日。いい看取りの日だから、人生会議を開いて、そろそろ延命措置をどこまでするか決めておきましょうか」と。

「いやいや、だからこそ元気なうちにそういうことを『会議』しましょう」という趣旨だと言うだろう。だが、病人の気持ちは（実は病人でなくとも）日々変わる。健康な時に想像した「死にゆく自分」と、実際に病気の中で想像する「死にゆく自分」が同じはずもない。実は、自分自身ですら死に対し、自分が何を望んでいるか本当の気持ちなど分からないのが普通だ。「延命措置などいらない」と最初は宣言し、家族も納得していても「いざという時」には翻意《ほんい》するかもしれないではないか。それとも「会議で決めたんだからこのまま死ね」と言うつもりか。

気に入って何度も書いたエピソードがある。

江戸時代、仙厓《せんがい》和尚という禅宗の高名な名僧がいた。禅宗では臨終の時に『遺偈《いゆう》』

（最後の言葉）を残す。宗教家としての生涯を賭けた遺言だ。

臨終の枕元、弟子が仙崖の言葉を待つとこう言った。「死にとうない」。慌てて弟子が聞き直す。東の一休、西の仙崖と言われた名僧の死に際の言葉が「死にたくない」では宗派の沽券《こけん》にかかわる。ここは平然と死など恐れず死んでいってほしい。そう死んでもらわなければ残された者が困る。弟子が再び聞く。すると「それでも死にとうない」と答えたという。

本当に「死にたくない」と思ったというより「高僧なら平然と死を受け入れる。受け入れるべきだ」という欺瞞《ぎまん》にあえて「死にたくない」と言ったのだろう。その意味では、「死にたくない」という仙崖の言葉は、人の死の真実をついた見事な『遺偈』だったのかもしれない。

死は常に突然だ。どのように余命宣告され、その余命が仮に残り10秒であって、やはり突然なのだ。それが突然であることすら、後から振り返ってようやく気づくことなのだ。

「野垂れ死」ということ

では、淳子さん自身は死をどう考えていたのか。原作を書くのに必要で芭蕉についての資料を読み込んでいた頃だ。

「猿を聞く人捨子に秋の風いかに」という松尾芭蕉の有名な句が『野ざらし紀行』にある。「富士川の捨て子」と呼ばれるエピソードとして知られている。こういう話だ。

富士川の辺りを通りがかった芭蕉が悲しげに泣く三歳ぐらいの捨て子と出会う。それを見た芭蕉はこんなことを思う。この子の親はきっと、この富士川の急流のような世間の荒波に揉まれ、子供を育てることができなかったのだろう。子供を川に投げ入れるのは辛い。せめて誰かに拾われてくれないかと置き去りにした。だが、この子のはかない命も明日まであるかどうか。憐《あわ》れに思いながら袂《たもと》の食物を投げ与える。そしてこんな言葉をかける。

「お前に何があったのだ。父に憎まれたのか、母に疎まれたのか。それはちがう。父はお前を憎んだのでは無い、母はお前を疎んじていたのではない。これは宿命だ。嘆くなら、お前の運命のはかなさを嘆け」

猿という言葉は漢詩では泣くを連想させるという。この句には子を失った母猿が悲しみのあまり腸がちぎれる「断腸の思い」という意味も隠されている。捨て子の泣き声を小猿の「キーキー」という甲高い絶叫に重ねると、この句はずいぶん凄惨な風景に見えてくる。

「芭蕉すげぇ〜。時代背景違うから捨て子を助けることなんかできないのは分かるけど、これで一句詠むって、いまなら冷血漢のクズって叩かれるよね」と淳子さんに言った時だ。淳子さんの言葉に驚いた。

「それも運命じゃん。世の中、しかたないことってあるのよ。私も病気になって面倒になったら、その辺に捨てていいから。野垂れ死にでいいから」と笑っていうのだ。（何をバカな。そんなことするはずも、できるはずもないだろ）と思うから僕は少し不機嫌になったのを覚えている。

「野ざらし」とはそもとも髑髏《しゃれこうべ》、骸骨のことだ。芭蕉自身も、この旅で野垂れ死しても本望という覚悟で「野ざらし紀行」という題をつけたのかもしれない。「お前の運命を嘆け」と捨て子に言った芭蕉は、自分自身だって野垂れ死んでいずれ骸骨になるんだから同じだよ、という思いもあったかもしれない。そう考えると、この句も少しだけ共感できる。

淳子さんが死を宣告された時、淳子さんの言葉は正しいのかもしれないと思った。実は人の死はすべて「野垂れ死」なのではないか。それが病院であろうが自宅であろうが、旅先の客死であろうが、親に捨てられて泣き叫ぶ3歳の子供の死であろうが。極端に言えばすべては成り行きであり宿命だ。思った通りの、後悔のない死などないのではないか。

そもそも、死まで思い通りにしたいと考えることは人の傲慢なのではないか。


――*――

淳子さんのカルテから

以下、後に在宅医のクリニックからもらっておいたカルテのメモから、淳子さんの肉声を少しでも拾いたい。僕に言わなかったことでも医師には相談したり症状を訴えていたりしたことが分かる。（注――カルテのメモは淳子さんの死後、何年かして思い立ち、病院から一応もらっておいたコピーをもとにしている。淳子さんについてこんなふうに書く気力が戻るとは思っていなかった頃だ。専門用語も多く文脈不明な部分もあるが、あえてそのまま書き写す)

3月24日(カルテのメモ)

患者の訴え――アンペック坐(10)1/2使用で問題なかった。3階まで一段ずつ上がってきた2階で1時間休んだ。動いてもあまり苦しくはない。夜間寝ている時、胃のあたり背部の痛みでる。夜は眠りたい。痛み強くなっても嫌で痛み止め飲む。夜だるい、お腹張る。痛み5~6で使うがなかなか1~2にならない。嘔吐したことがある。胃がちゃぽちゃぽしている。夕方からから特にお腹張ってくる。

3月25日(カルテのメモ)

患者の訴え――吐き気は座薬(ナウゼリン)を入れてからよくなった。入院の時は夜2時間くらいで目が覚めてしまって、仕方なかったんですけど。効果はあった様です。

家族の訴え――「昨日はよく眠ったみたいだね。薬が効いたんだなあ。トイレ(注

──ベッドサイドのポータブルトイレのこと）、何がいいか教えて下さい。たまご半分ミルクティー少量」

アセスメント──自覚症状は軽減できているが、夜間の違和感出現が少しでも軽減できるようにアンペックを10ミリ1個現使用してみるように説明した。今後ご主人との2人の夫婦関係を信頼関係築きながら介護でサポートできる点を考えていく。

入院中も胃部〜背部にかけての痛みがあり、水分や食事摂取したあとに胃のむかむか感出現していた。昨日も夕方ハイペン内服、その後ほうじ茶を摂取したら20分後にやはりむかつきあり、少量嘔吐したと。しかし、昨日ナウゼリン使用したら効果あり。今までの内服よりよかったと本人より。その後0：30にアンペックSP予防的に5ミリ（半分に切って）使用し、その後すぐ入眠できた。5：05に覚醒し、また胃〜背部に違和感ありオキノーム内服。毎回もともと熟睡感はなく、不眠感として抱いてはいない。

ご主人、昨日ベッドで初めて寝て、寝心地はよかったとお話される。ご本人さんの訴えに耳を傾けておられ、時々うなずいたり笑顔で話しかけたりされる。内服に関しても把握はされているが、「しっかりした患者ですから」「自分よりもよくわかった患者ですからね、はいはいって聞いてまかせます」との言葉。トイレに関しては当院のパンフレットを持参し、ご本人さんと相談のうえ御主人に参照していただくようにした。

――＊――

【漫画原作家になる】

バブルが崩壊して、当面の仕事もなくなり、夫婦ふたりの唯一の仕事は毎日の犬の散歩だけだ。僕は40歳に、淳子さんは37歳になっていた。普通なら多少の蓄えがあるうちに次の仕事を探すとか、生活の道筋を考えるべきだろうが、僕は、そういうことを人生で一度もしたことがない。いままで何とかなってきたから、これからも何とかなるだろうとしか思っていなかった。ただ、後にこのことに関しては淳子さんに笑われたことがある。何の折だったろうか……。

「東京に戻ってきて、とりあえずお金の心配もせず生活できるようになってラッキーだったじゃん。結果的に、意外に男を見る目があったってことだネ」と僕が言うと、「何を呑気なことを。言わなかっただけで、用賀のマンションのローンが払えるかどうか。最悪、来月は浜松に借りに行かなきゃダメかなぁって時もあったんだから」と笑われた。

それが本当かどうかはともかく、そもそも僕に期待はしていないから、いよいよ生活に困ったら自分が働けばいいと思っていただろう。僕が、経済的なことはもちろん、すべての面であまり期待できない夫であることは、十分知っていたはずだ。いずれにしろその頃、我が家の貯金残高はほぼゼロになっていたと思う。

だからだろうか、淳子さんは我が家に資金の余裕があると、マンションなどの不動産を買いたがった。淳子さんなりに生活を安定させようと考えたのだろう。蓼科の別荘の前には、横浜の投資用ワンルームから越後湯沢のリゾートマンション、東麻布の事務所用物件まで。勉強は得意だから宅建の資格まですぐ取った。

ところが、淳子さんに金儲けは似合わない。どの物件もどの物件も、何年かすると必ず1／3に値を下げて処分することになる。それでも、淳子さんが欲しがって買えるならそれでよかったし、結果、損が出たからといって気にもしなかった。

そして、僕の場合いつもそうなのだが、転機は突然にやってくる。

神田・神保町の交差点で偶然、旧知の編集者とバッタリ会った。世間話の近況報告のあと、「ところで何か仕事ない？」と聞くと、こう呆れられた。

「バブルの時代に『こんな安い原稿料で仕事なんかできるかよ』って、みんな、後ろ足で砂かけるように雑誌社をやめていきましたけど、○○さん（僕の本名だ）ぐらいですよ。平然と『何か仕事ない?』なんていまさら言うのは」。そう笑いながらも、雑誌原稿を書く仕事を回してくれ、偶然の邂逅《かいこう》からしばらく食いつなぐことができた。

同じ頃、やはり旧知の漫画編集者と会って、こちらは「遊んでいるなら漫画の原作を書いてみませんか」と勧められた。結果、どちらにもとても助けられた。ひとつは雑誌ライターとして、とりあえずの生活費を稼ぐくらいの仕事を作ってもらえた。もうひとつは漫画原作というまったく新しい分野の仕事に道を開いてもらった。この時はまさかその後、30年以上も自分が漫画原作を書くことになるとは、夢にも思っていなかった。

先に書いたが、こうやって作った最初の原作が、『少年と犬』という毎回犬が登場するという読み切り連載で、これが終わる頃には次の新しい連載がすぐに決まった。

活字の世界しか知らなかったから、最初に驚いたのは漫画業界の出版部数だった。例えば小説であれ、ルポルタージュであれ、活字の単行本の初版出版部数は、名前だけで売れる人気作家は別としてせいぜい1万部程度だろう(これも最近では7千部、5千部と減っています)。書き下ろし(雑誌連載をまとめるのではなく、その本のためだけに書く)小説なら、一年で2冊書ければ筆が早い方だ。2冊書いて初版発行部数の合計が仮に2万部。定価が1500円とすると、年収は300万だ。取材経費諸々を引いたら手元に残るのはやっと暮らせるかどうかのカツカツの収入だ。

これに対し、漫画は定価が違うとはいえ、初版発売部数が――僕のような無名原作者の作品ですら――10万部近かった（これも最近ではずいぶん減って、1万部以下ということも多くなりましたが）。連載の作品を書いていると、月々の原稿料の他に単行本の印税が年に3、4回入る。作品に人気が出てアニメ化やドラマ化で単行本が増刷されると、印税収入も印刷部数に応じて増えていった。

原作家になって3年ほど。『ソムリエ』というワイン漫画がテレビドラマ化される頃には、他社でも何本かの連載を持ち、週刊、月刊、隔週誌と月に10本の連載が重なることもあった。淳子さんも料理本の編集などで忙しく、ようやく我が家の暮らしも、世間並みの安定を取り戻すこととなる。


――＊――

浜松まつり

3階にいると、まだ3月だというのに、まつりの音が聞こえる。子供たちが練習しているのだろう。時々音程を外すラッパの音色や、気の早い若者たちの「オイショ〜ヤイショ〜」という独特なかけ声も聞こえる。

「もうお祭りだね」

「……うん」

体が辛いのか淳子さんは口数少なく、ベッドの背もたれを立てると、少しボンヤリと遠くから響く、まつりの音を聞いていた。

浜松で、全国的にも知られる春の行事に「浜松まつり」がある。ゴールデンウィーク中の3日間に、例年100万人以上の観光客が集まる。家に長男が生まれると、畳4畳半から6畳ほどもある大凧《おおだこ》を、町内近隣の人が中田島《なかたじま》砂丘で揚げ、初子を祝うというまつりだ。少子化のせいだろう、最近では長男でなくとも、男児でなくとも祝いの凧を揚げることも多い。

浜松市内のいくつもの町が、昼間は海岸の砂浜を埋め尽くして互いに大凧を揚げて競い、夜になると町の中心部で屋台を曳《ひ》き回す。屋台の上には子供たちの笛、太鼓、三味線のお囃子が乗る。吊された電飾の提灯が色とりどりに揺れて華やかだ。この、屋台の曳き回しに先立ち、各町内会が揃いのハッピを着て、町の名前を染め抜いた大旗を先頭に、太鼓や進軍ラッパに従って町一番の大通りを早足で行進する。

浜松は戦時中から航空基地もあり、ラッパと太鼓の進軍も、どこか軍列の行進を思わせる。繁華街のメイン道路の車を止め、横並び道幅一杯に各町内が隊列を揃え、小さな歩幅で体を寄せ合うように進む。

人々の頭上に霞が立ち上げるほどの激しい人いきれで、ザッ、ザッ、ザッという揃った足の運びと片手を挙げた「オイショ〜ヤイショ〜」という歓声。僕にはそれが、大昔の学生デモのようで、懐かしい興奮を呼び覚ました。

ハッピ姿の一団は、夜になると各々の町内に戻り、初子の家を巡っては生まれたばかりの赤ん坊を抱き上げた若い父親を真ん中に「激練《げきね》り」で祝う。「激練り」とはいわば巨大な押しくら饅頭。人と人が互いに何層にも重なり、練り合うように激しく渦を巻いて回るのだ。これを迎える家では、何ケースものビールや酒に、山のような焼き鳥や、おでんなどのツマミを用意してもてなす。こういう家が一晩で4軒、5軒もあるので、最後の方は全員が祝い酒に酔ってベロベロだ。二百〜三百ものそんな酔っ払いが、互いに体をぶつけ合うようにして歓声を上げて回る。これを煽るように市内の至る所で進軍ラッパが鳴らされ、太鼓が打たれ、興奮はいっそう増していく。

大人たちだけではない。高校生ともなれば、特に女子はその年の流行の髪型に美容院で結い上げる。羽織の長さや帯にも年ごとの流行があって、こだわる。少し昔の男の子は多分、このまつりで酒と煙草も覚えることになるのだろう。日頃は許されない深夜過ぎてのデートも、この日だけは親たちも眼を瞑る。親たちも同じ経験があるからだ。浜松生まれの人たちにとって、自分の人生史そのものと深くかかわるまつりといえるかもしれない。

現在はずいぶん規制も厳しくなったが、僕が淳子さんと結婚し、初めて参加した頃は、もっともっと迫力があった。毎晩祭りの酒で酔った男たちの殴り合いの喧嘩もあり、僕にとっても若い日を思い出す楽しい3日間だった。淳子さんそっちのけで、東京から友達を呼んでは祭りに出たものだ。甥っ子や姪っ子が生まれた時は、まつりの主役でもあり、家じゅう大騒ぎだ。大凧はもちろん、巨大な鯉のぼりを挙げ、玄関の前には2台の大きな篝火《かがりび》まで焚《た》く。むろん淳子さんも手伝ったが、僕の方がよほどはしゃいでいた。

ただし、淳子さんはそもそも他人の熱狂には冷淡で、少し意地悪だ。何も知らない大学生の頃の僕が、この「浜松まつり」について聞いた時のことだ。

「浜松まつり？　ああ、あれはね。伝統とか文化的背景のあるものじゃなくて、3日間、酔っ払いが大騒ぎするために凧を揚げて、町を練って騒ぐおまつり。だから参加する地元民は1年待ちわびて思いっきりはじけて楽しいけど、見てるだけの観光客は全然楽しくないはず」

確かに発祥の由来は江戸時代まで遡るが、実際には昭和25年の東海道本線の沼津・浜松の電化記念に「浜松まつり」という名称が決められたという、淳子さんの説明もあながち間違いではない。

淳子さんが行きたかった祭りがあるとすれば、京都の祇園祭《ぎおんまつり》だった。祇園祭の山鉾《やまほこ》を飾るペルシャ絨毯を一度見てみたかったのだ。毎年、行こうよと言われては「真夏の京都なんて暑くて死んじゃうよ」と逃げていたのだ。

「浜松まつり」の間に、もしも淳子さんが死んだら。淳子さんと結婚して以来の、毎年の呑気で開けっぴろげな楽しさの記憶が、その日を境にして180度クルッと暗転する。思い出が楽しければ楽しいほど、耐えられないほどの悲しさに変わるに違いない。それは辛いだろうなと、祭り囃子の音を聞きながら、僕はボンヤリと思っていた。実際には、その日を迎えることはできなかったのだが。

—*—

3月26日（カルテのメモ）

患者の訴え——22：30痛み4～5。昨日、ナウゼリン坐（60）1／2・アンペック11／2使用した。時々目が覚めたが、昨日は眠れた。少し痛い。体勢を変えたらおさまる痛み。オキノームは飲まなかった。オキノームは粉で飲みにくい。今日は楽でした。今日は工事（注——改装工事の一部がまだ残っていた）が入って大変。排便、3日ぶりにでた。

—*—

ベッドの向き

「ねぇ。ベッドの位置を変えて」と、淳子さんが言う。10畳ほどの部屋。ベッドは窓と入り口をさけて対面する壁に平行に並んでいた。

「どうして？　おまつりの音がうるさくて気になる？」

「違う。これじゃ背中とお尻しか見えない」

言われて「えっ」と、驚く。驚いてひどく狼狽した。僕は普段、左を下に横向きに寝ていた。顔は壁に向き、確かに淳子さんからは僕の後ろ姿しか見えない。

普段なら照れ隠しにバカなセリフのひとつふたつ思いつくのだが、この時はあまりにとっさのことで、何も言葉が浮かばなかった。元気な頃の淳子さんなら、こんな女子高生のような甘ったれたセリフは絶対に吐かない。

「ベッドは動かさなくていいよ。こっち向いて寝るから」

ベッドの上で体を回す。真っ暗だと夜中に淳子さんが目覚めた時などに危険なので、小さな電気だけがぼんやりとかすかな明るさを与えている。3、4メートルほど隔てて、視線が同じ高さになる。薄闇の中でも淳子さんの顔が、その表情がはっきりと見える。さすがに顔つきはやつれ、顔色も輝きを失って少し土気色になっている。目線が合って、その瞬間、ウッとたちまちこみ上げる涙に押し流された。淳子さんはそんな僕を見ても何も言わず、表情も変えず、ただ淡々と僕を見つめていた。

なぜ、入院中の淳子さんと一緒に病室に泊まることができなかったのか。なぜ寝不足と疲労で意識がもうろうとし、車の運転すらできないのに原稿は書いていたのか。淳子さんの真っ直ぐな視線を受け止めて、この時、ようやく分かった気がした。

認めたくなかったのだ。認めることがどうしてもできなかったのだ。ひたすら眼をそらせ、逃げ回っていたのだ。

それは多分、最初に淳子さんに膵臓がんを告げられた夜。不安で不安で思わず眠っている淳子さんの口元に手を近づけたあの日からずっと続いていたのだろう。睡眠導入剤はともかく、病院に酒を持ち込むわけにはいかない。自分が正気でいたら、淳子さんが目を瞑った瞬間、死んでしまったのではないかと、ずっとその口元に手を寄せていただろう。だから逃げ出していたのかもしれない。

原稿を書くことも同じだ。フィクションの世界を作ることで、ほんの一瞬でも現実の淳子さんから眼をそらし、別の世界に意識を向けることができた。先に述べたように、そうやって無理矢理逃げ込んだ虚構の世界にも、振り返れば死の影がさまざまに染み出すような話を書いてはいたが、虚構の死を書くことで、いま、眼の前にある淳子さんの死から、眼をそらしていたのだ。

酒と睡眠薬と寝不足のせいで、常に意識はもうろうとしていた。現実と幻想は常にまだら模様のように行き来し、どちらにいる自分が、どちらにいる淳子さんが本当であるのか、区別もできなくなっていた。いま、眼の前にある現実が本当のことなのか、原稿を書いているフィクションの世界の方が本当のことなのか、その境目も少しずつ曖昧になっていく。この感覚はこの時に限ったことではない。意識の乖離感とでもいうのだろうか。山にいた時も、浜松にいた時も、そして淳子さんの死後も、自分の眼の前に見えている世界がどうしても本物に思えない奇妙な感覚はずっと残った。「いま、見えている世界は本当の世界ではないかもしれない」心のどこかでそう思うことで、淳子さんの喪失に耐えようとしていたのかもしれない。

言葉を発するのも辛いのか、淳子さんは穏やかにただ僕を見ていた。

(オジチャン、弱虫だからなぁ)と、口を開かず、その眼は笑っている気がした。

僕は、ただ泣き続けた。

——*——

【痛み止め】

「オジチャン知ってた？　お姉ちゃんねぇ、昼間は痛み止め飲むのをいつもギリギリまで我慢してたの。痛み止め飲むと寝ちゃうでしょ。少しでも起きていたいからって。少しでもオジチャンと一緒にいたかったんだと思うよ」

淳子さんの死後、義妹にそう言われた。言葉を失った。

――＊――

3月29日 19：57（カルテのメモ）

患者の訴え――今日はちょっとお腹が痛いです。オプソというのを試してみましたが、あんまり効果がなかったかな。オキノームは最近効いてきたような感じもある。アンペックは半分で使ってます。夜に使ってます。

背中から腰が痛い時がある。日によって痛さは変わるし、動く時に痛いかな。でも痛み止め（オピオイド）を使ってるからかな、痛いのはよくなる時がある。自分でもいろいろ試しながら痛み止めを使ってます。ちょっと痛いのを我慢していると、主人はすぐに痛み止めをもっと使えるというけど、自分ですぐにおさまる痛みとわかっているから少し我慢しておさまる痛みは薬は使わないようにしています。でもそれで大丈夫です。

フルーツ、ヨーグルトなどを中心に摂取。昼はおにぎりを半分。昨日排便あり。

アセスメント――レスキューは効果得られており、自身でもいろいろと試しながらセルフコントロールできているように感じられる。移動能モニタリング。腹膜播種《ふくまくはしゅ》にて腹水の貯留もある。消化管閉塞《へいそく》による消化器症状はなお出現に注意して経過観察していく。

家族情報――夫の予期悲嘆が強いため、今後、状況が変化していくとともに夫の精神的サポートも重要な課題となってくる。そのために家族関係の情報収集も必要と思われる。また、最近、本人さんが自身の状況を伝えたところであるため、その兄弟さんもショックは大きいと思われる。兄弟さんたちとの交流の時間も増えていくと思われ、今が良い時間を過ごせる時でもあると思われる。それを考慮して訪問介入が必要にも感じられた。

毎日眠前にアンペックを半分使用し、夜間は追加レスキューなく朝までまずまず休めていると。そのためアンペックは半分だが効果は感じられている。オプソは1度使用したが効果を感じられなかったよう。オキノームを時々使用するようで、以前より効き目があると話された。また、肩甲骨や腰部にも痛みあり。主に体動時で安静にしていればよいと。また、その痛みも腹部痛のレスキュー使用でマスクされているのかその間は痛みがないとのことであった。

自身でいろいろと試しながら使用されていのが伺える。腹部状態は変化なし。G音弱い。ナウゼリンは数日使用されていない。ナウゼリンは使用せずとも消化器症状の出現なし。経口摂取後のもたれ感も強くないと、痛み悪化にも影響はしていないよう。

家族情報——本人さんは養女であり、妹さんは事実上は従姉の関係にあたるよう。実母・父は他界されているが、実兄・姉は健在。○○県に在住。本日は姉が来られていた。自身のことは最近報告したばかりと。また、夫の両親も他界されている。兄弟は姉が二人。一人の姉とは東京に住んでいた時に2世帯住宅で隣接して住んでいた。来週、その姉が浜松にみえる予定である。「東京のお菓子をもってきてもらう」と本人さんが楽しみにされているように話された。

夫は訪問時会話に入ってくることもあるが表情は硬い。特に夫から自発的に何か質問するなどはなかった。ポータブルトイレについてはネットで購入していくと。

——＊——

治るがん、治らないがん

在宅で看護を受けるということは、当たり前だが「他者」が「家庭」の中に入って来るということだ。それだけで部屋の空気は変わり少しだけ緊張が起こる。若い看護師さんは20代だろうか、検温と脈拍をチェックし体調を問診すると、さりげない世間話をしていく。淳子さんも同じくさりげない、当たり障りのない笑顔で対応する。この部屋で、僕だけはこんなことを思っていた。「患者も実は患者を演じている」——。

医師や看護師が患者の様子を観察し、言葉を選び、さまざまに配慮するのと同じように、実は患者も、治療者に対して配慮している。「相互虚偽《きょい》」という言葉がある。患者も医療者もそこに死が間近なことは知っているのに、互いに知らない演技をするという意味だ。横でそんな欺瞞を見ている家族は、少し辛い。

これが病院だと、互いが接するのは一瞬だ。いわば「点」の接触だ。病状の変化、それに対する対応、診断とそれに基づく処置。検査だろうが、点滴、注射だろうが、各状況における「点」としての接触で済む。点は点とつながり線となり、もう1つ点が加わって面になる。1つ目の点は医療だろう。2つ目の点は家族だろう。では3つ目の点は何に求めるべきなのか。面でなければ、人は支えられない。

訪問看護の場合は処置としての「点」はあまりなく――検温とか血圧くらいしかやることはないから――ぼんやりとした形のハッキリしない「面」として互いが向き合わなければならない。そこでの会話も当たり障りのない、ありきたりで無意味な会話になる。しかも、訪問看護ではどうしても時間も長くなる。お互い必要な医療行為以外のことも話さなければならなくなる。ここで生まれる「嘘の平穏」を横で見ているのが苦しくなるのだ。

実際、訪問看護が終わると淳子さんは疲れきってすぐ眠りにつくことが多かった。

最近の医療現場では、痛みを取るための「緩和ケア」や終末期医療を考える「ターミナルケア」なども準備されるようにはなってきたが、医療の目的はやはり治療だ。では治療の目的は何か。延命である。一日でも一瞬でも長く命を引き延ばすことが医療の目的になる。かつてがんを宣告されることは死を宣告されるのと同じであった。ところが医療技術の進歩でがんは治る病気のひとつになってきた気がする。その裏で「治らないがん」については、医療もただ痛みを緩和することしかできない。

ずっと思っていた。死を目前にした人間に、人はどんなことができるのか。そもそも医療が扱いきれる問題なのだろうか。死とは、自分の人生のすべてをどう振り返るかという問題だ。正直これをこの若い、面識がまったくない看護師さんに、考えろというのは無理な話だ。僕はどんどん頑なになる。

淳子さんは確かにがん患者だ。末期のがん患者で余命もわずかしかない……と、近代医学は言う。しかし、それが淳子さんという人格のすべてではない。がんが侵しているのが体の一部であるように、淳子さんという人間は、そして淳子さんという人間の人生は「がん患者」というひとくくりの言葉でまとめられる存在ではない。そんなことは僕が許さない。昔、何度かいろいろな作品の中で書いた同じセリフがある。こんなセリフだ。

「若いヤツは年寄りには人生なんかなかったと思っている」。それが「年寄り」でも「がん患者」でも同じだ。「人生なんかなかったと思っている」

若い看護師さんに言いたかった。

「君は知らないだろう。淳子さんが君と同じくらいの時は、どれほど美しく、どれほど賢く、どれほど強かったか。君の目にはただの末期がんの『オバサン』にしか見えないだろう。でもそんな『オバサン』にもがん患者というだけではない、輝くような人生があったんだよ」と。

無論、この看護師さん個人に落ち度があったわけでも、不満があるわけでもない。それが証拠に「夫は訪問時会話に入ってくることもあるが表情は硬い」と、後に読んだカルテに看護師さんはちゃんと書いていていた。若い看護師さんだったが、患者だけではなく家族の様子もさりげなく、きちんと観察していたんだなと、むしろ感心したくらいだ。

——＊——

3月30日16：27（カルテのメモ）

昨晩アンペック座薬使用、今朝午前中に2回オキノーム散使用。吐き気ありナウゼリン座薬使用1回胃の内容を吐いてしまうと楽になる。

——＊——

座薬

昼頃だったろうか。斜めにしたベッドに寝ていた淳子さんが上体を起こし、起き上がろうとする。

「起きる?」

「うん。ベッドに座らせて」

淳子さんの前で中腰になり、覆い被さるようにし、腕をとると自分の首にかける。その腕は、もはや力を入れる気力も残ってないようだった。背中に手を回し、淳子さんの体をギュッと抱きかかえ、ゆっくりと上半身を立てていく。その体の軽さが切ない。ベッドに座った淳子さんのお腹は腹水のためにポコンとカエルのお腹のようにそこだけが丸く膨らんでいた。

「痛み止めの座薬を入れて。ちゃんと手袋するのよ」

と言われる。この言葉の衝撃に耐えられない。

くどくど言うが、淳子さんは美人であった。子供の頃から美人であった。その美人の淳子さんが僕に「座薬を入れて」と言うほど病んでいる。痛み止めを入れるために体を動かすのも辛いほどに壊れている。死にかけている。ペラペラと薄い使い捨てのビニール手袋をする。大きな鎮痛剤の塊を摘む。淳子さんは苦しそうにお尻を浮かせると、左右に動いて自分でパジャマのズボンをずらした。その動きをどこか呆然と眺める。

ベッドの上、淳子さんの後ろに座る。と、照れくささと悲しさに耐えられなくなる。思わず「SMごっこだぁ〜〜」と、無理矢理笑って、後ろから耳元にささやいてふざける。泣きそうになる。と……。淳子さんはゆっくりと首を回して僕を見た。こんな時、元気な頃なら「はいはい」と言うか、聞こえなかったフリをして無視をする。が、この時は違った。何とも情けなさそうな、もの悲しげな顔で僕をジッと見たまま、しばらく動かない。視線が合う。息が詰まる。

ゴメンと謝るのも言葉が違うような気がして間が持たない。しばらくして、淳子さんはため息と共に前に向き直った。少しうなだれているようにさえ見えた。「よせよ。それはいくらなんでもないでしょ」と、思っていた。取り返す術なく、とてつもなく「スベった」自分が情けない。

自分でパジャマのズボンを引き上げようとする淳子さんを見て、慌ててベッドから下り、前に立って、片手で淳子さんを支え、残る手でズボンを引き上げ、そのままそっと体を横たえた。淳子さんは、それだけで力尽きたかのように眼を閉じた。その顔を見つめて動けない。

この期に及んで、つくづくバカな夫を持ったと後悔したに違いない。僕のバカが分からぬ淳子さんではない。バカさ加減に呆れ、付き合いきれなくなって愛想を尽かし、だからこそ大学生の頃、別れてちゃんとした結婚もしたはずだ。じゃあなぜ3年後、そんなバカな僕の元に戻ってきてくれたのか。僕に何を期待し、何を諦め、どんな覚悟で戻ってきてくれたのか。

思ってしまった。もし病というものが日々の生活の中から影響を受けるなら、もし僕の元に戻ってこなければ、浜松でそのままの人生を歩んでいたなら、淳子さんは膵臓がんにもならなかったかもしれない。

あの日。新幹線のホームで東京に戻って来たあの日。30年後に病を得ることが分かっていたら、それでも淳子さんは戻って来ただろうか。戻って来てくれただろうか。僕はどちらを望んだろう。淳子さんはどちらを望んだろう。

4月1日18:01（カルテのメモ）

患者の訴え――下剤つかったら、便は出ないうえにお腹がしくしく痛くなって、もとのお腹の痛みと重なって辛くなった。だんだんと落ちついてきたけど。イチジク浣腸もしたけど出ないです。お腹も張りが強くなっているような気もします。なのでナウゼリンも使っています。

家族の訴え――（夫）便が出なくて困っています。他に方法はないですか？ 食事摂取：フルーツ、ジャガイモの炒めたもの、ケーキなど。排便：兎糞様の便が3ヶほどのみ。

アセスメント――今回は蠕動痛《せんどうつう》も重なり、疼痛が増強していたが、レスキュー使用にてNRS3くらいで過ごされており、コントロールまずまずのよう。下剤は腹痛をあおるだけのように思われるので、排便コントロールを医師に検討依頼。

腹部張り感がアップしていることから腹水が増強している可能性あり。腹水抜けるものなら抜いてほしいと本人、夫より希望あり。明日、医師の往診にて依頼していく。消化管閉塞リスク状態もあり、引き続き消化器症状に注意して観察していく。消化管閉塞リスク状態にて下剤の内服は腹痛をあおるだけで適応ではないか。腹水貯留も便秘の要因となっていると思われ、プンク施行含め薬剤検討を。倦怠感・眠気、病状進行している症状ともとれる。眠気は本人さんは不快ではないようだが、活動性が低下しＱＯＬが下がってしまうことを心配されている。リンデロン増量なども効果は得られるか検討。

その他、下剤（ラキソ）使用にて動痛なのか、下腹部痛出現。もともとの腹部の痛みは胃部周辺。それと重なり、ＮＲＳ７へアップ（普段は６）し表現される。アンペックは眠前に半分使用し朝方までまずまず効果あり。オキノームの効果も感じられており、１日に３回ほど使用している。使用時間はその日によって、夜間に集中されていたり、間隔が開いて使用していることもある。オプソは効果を感じる前に眠気が先立ってしまい、使用後は３～４時間ほど寝入ってしまわれると。夜間にしっかり休まれたい時にその効果を利用して使うとよいかもしれないこと説明。レスキュー使用にてＮＲＳ３にて過ごされる。

腹部膨満増強傾向か。張り感もアップしているよう。経口摂取は少ないが摂れている。以前より怠さと眠気が強くなったように感じると。眠気は不快ではないが、眠ってばかりいて過ごすのはよくないのではという思いはあると。リンデロン１・５㎎／日内服中。エデーム（浮腫）はみられず。もろもろ症状が来た、明日、医師が来てくれるとありがたいと往診希望された。

「永遠の3日間」

――＊――


この日、4月2日の在宅訪問は中年の女性医師と男性看護師だった。

いつものように体温や脈拍などのチェックが終わり、腹水を抜く相談をしてから「ちょっとお話が」と、言葉をかけられる。

扉を閉めキッチンのスツールに座る。

「今後、かなり難しい状態になっていくと思います」

「あの……。あと、どのくらいと考えていた方がいいでしょう」

「3、4日かと……」

女性医師は重い表情で言う。

しかし、そう聞いた時の僕の感覚はとても奇妙なものだった。

普通なら「あと3日しかない」と絶望に落ち込んだり、「残された3日」をどう有意義に過ごすべきかと考えたりするのが当然だろう。しかし、この時の僕の反応は自分でも驚くようなものだった。なぜか、わずか3日という時間が、永遠のように、無限のように長い時間に思えたのだ。あの、初めて東京女子医大で「余命3か月」と言われた時と同じだ。3か月しかないけど、3か月もある。3日しかないけど、3日もある。

精神状態がおかしくなっていたことも、もちろんあるだろう。しかし、思い返しても「ああ、あと3日もあるんだ。あと3日も一緒にいられるんだ」と幸福感ともいえる奇妙な嬉しさが湧き上がってきたことを覚えている。

この頃、食事は義妹がひな祭りで飾るような、小さな小さなおにぎりを作ってくれていた。他に食べられるのは少量の果物だけだが、前日、4月1日は淳子さんの54歳の誕生日だった。トレーの上にはイチゴのショートケーキを半分に切ってデザートプレートにフォークが置かれていた。小さなケーキをそのまた半分に切り、フォークの先に刺して口に運び「美味しいね」と子供のようにニッコリと嬉しそうな表情を浮かべる。その笑顔を見ると、僕も久しぶりに嬉しくなった。淳子さんの手からフォークをとり、その先でケーキの端を切り、ほんの少しだけ自分の口に運ぶ。「美味しいね」と淳子さんに微笑みかける。「うん。美味しい」。淳子さんもあどけない満面の笑顔を返す。「淳子さんは本当に可愛いな」。心の中でそんな場違いなことを思っていた。

しかし、その無邪気な笑顔は、不吉な予兆だった。

4月2日16：38（カルテのメモ）
患者の訴え――お腹が張って痛いです。便は薬を飲んでもすこしずつしかでません。さっき、オキノームを飲んで、アンペックもいれました。
家族の訴え――腹水がたまっているのでしょうか？　今はどんなステージに居るんでしょうか？　さっき初めて息が苦しいといったので、救急車を呼ぼうかと思いました。

子供のように

それが肝臓の障がいによる肝性脳症であることは、母で経験があった。肝性脳症とは、肝臓機能の低下で解毒作用が衰え、脳に影響を与える状態だ。

淳子さんが突然、子供のような話し方になる。

「これはね……食後に飲むの……こっちは痛い時」

と、錠剤を小さなトレーの上で選り分ける。

「えっ、違うよ。こっちが食後に飲む方だよ」

僕に言われて淳子さんは小首をかしげ少し考え、再び「こっちはね……」と繰り返す。

頭のどこかでは分かっている。淳子さんは壊れつつあると。でも、その幼い子供のような口調のあどけなさがあまりに可愛らしく、愛おしくてならない。

しばらくして眠りにつくと、病状はじわじわと確実に進行する。数日前からポータブルの酸素吸入器が設置されていたが、淳子さんは吸入器を嫌がり、使いたがらなかった。夕方を過ぎ、眼を覚ますと時折、手を喉元に当て、喉をかくように苦しがる。

「どうしたの？　大丈夫？」

と慌てて声をかけるが、返事もはっきりしない。

淳子さんは、時おり正気を取り戻し、普通に話したかと思うと、目を閉じうわ言を言うような状態になっていった。

——＊——

4月2日17：10（カルテのメモから）

患者の訴え——オキノーム2回。仰臥位《きょうがい》：腰、お腹痛くなる

家族の訴え——この2日で急激に状況が変わった。尿が赤い。変なことを言う。目が黄色になってきた。朝は食べたあとは水分

―＊―

花の香りの中で

この夜は、母屋ではなくリフォームした新しい風呂に入りに来た義弟と義妹が、深夜を過ぎてもキッチンに控えて付き添ってくれていた。淳子さんはただ眠っているように見える。僕がベッドで少し眠りに入った時だ。外はまだ暗く、深夜の4時頃だっただろうか。

「オジチャン！　オジチャン！　お姉ちゃんが！」

と義妹の叫びに眼を覚まし、ベッドから飛び起きると慌てて淳子さんの枕元に近づく。淳子さんは呼吸が苦しいのか少し喉をかきむしるように手を伸ばし、首を反らせて口を開け「ハッ、ハッ」と短い呼吸を繰り返す。慌てて担当医師に電話をする。電話口で何を叫んだかはっきりと記憶にはない。ただ素人の僕にもそれが死の直前に起こる下顎呼吸であることは分かった。

やがて、淳子さんの上体は痙攣《けいれん》したようにわずかに持ち上がる。僕はその背中に手を入れギュッと抱き上げる。僕は言葉を発することもできず。ただ口からは意味不明な呻《うめ》き声しかでなかった。

「もう……いい」

それが、僕が唯一聞き取れた淳子さんの最後の言葉だった。

淳子さんの体は少しの間だけ硬直し、急速に体温を失っていくのが分かった。義妹が母屋に両親を呼びに向かう。

義父母、甥が枕元に駆けつける。

「淳子！　淳子！」という義父母の呼び声、義妹たちの泣き声が僕にはどこか遠くの方から聞こえる気がした。


しばらくしてHちゃんが隣の自分の部屋から線香を持ってきて火をともし、枕元に置く。それは仏壇で使う線香ではなく、華やかな色をしたアロマ用の線香だった。細く立ち上がる煙と共に、優しい花の香りがふわっと部屋を満たしていく。

淳子さんは、少し前の一瞬見せた苦悶《くもん》の表情が嘘のように、穏やかな表情で静かに眼を瞑った。

6

「その後」を生きる

最後のキス

義母の希望で納棺の時には淳子さんの体の上に、成人式で着た振り袖が掛けられた。淡いクリーム色の地に大胆な竹の葉をあしらった柄行きは、時代を経て、返ってモダンに見える。着物は死顔にもよく映えた。

納棺が終わり、家族が並ぶ。最前列にいた僕は、何かしなくてはいけないんじゃないかと思い、膝立ちになって棺桶の中に上半身を入れる。

淳子さんの顔を見つめる。Hちゃんと義妹がほどこした化粧のせいで、色白の頬に赤みが差し、唇にも濡れたような輝きが宿って生気が蘇ったかのようだ。

「淳子さんは死顔も美人だなぁ」と思っていた。顔を近づけ、その唇にキスをする。

人が死ぬと失われるのは体の熱と柔らかさだ。生と死の境界を越えただけで一瞬にして変わる。その冷たさ、その堅さは無機質な石や鉄の塊を思わせる。唇をずらし、頬をスリスリと合わせる。それは氷のように冷たかった。

通夜の晩は、義母が淳子さんと一緒に過ごした。

翌日。淳子さんの体を支えながら、数日前にふたりで歩いて昇った階段を、4人がかりで担いだ棺桶が下りていく。

焼かれた淳子さんの骨はしっかりと形を残し、純白だった。頭蓋骨あたりの薄い骨を摘んで口に入れてみる。奥歯で噛むとカルシュウムの錠剤のような濁りのない純粋な味がした。抗がん剤の治療を長くすると、骨がもろく、しかも変色すると聞いたことがある。淳子さんの骨は不自然な崩れもなく、骨まで美人だ。

この日からしばらくの間、僕の体はガラリと変わった。次に述べるが、さまざまに耐えがたいことが起こった。それなのに昼間、起きていられるのは8時間ほどで、あとは延々と眠り続けて動けない。舌も変わって、突然酒が飲めなくなった。一杯のワインだろうがストレートのウイスキーであろうが、味も香りも消えて、ただ苦みしか感じない。この状態は百日間続いた。

淳子さんと過ごした部屋の、淳子さんが眠ったベッド。そこに入り、夜の10時くらいに眠りにつくと、眼が覚めるのは翌日の午後2時頃になっている。この間、一度も目も覚まさず、なぜかまったく夢も見なかった。眠っても眠っても、さながら意識のスイッチが突然プツンと切れたように、闇に落ちて眠り続ける。
入り口の引き戸はもちろん閉じてある。ところが、目が覚めると必ず5センチほどが開け放しになっているのだ。夜には閉め直すが、翌日になるとまた少しだけ開いている。ようやく気づいた。甥っ子なのか姪っ子なのか、義妹夫婦なのか、多分その全員であろう。部屋の前を通りかかるたびに中の様子をさりげなくチェックして、いわば僕の生存確認をしてくれていたようだ。

作家で精神分析医の帚木蓬生《ははきぎほうせい》は医師の役割を「目薬」だと書いている。
「《目薬》は、点眼薬のことではありません。『あなたの苦しい姿は、主治医であるこの僕がこの日でしかと見ています』ということです。前にも言いましたが、ヒトは誰も見ていないところでは苦しみに耐えられません。ちゃんと見守っている眼があると、耐えられるものです」(『ネガティブ・ケイパビリティ』朝日新聞出版)
「目薬」は医師だけとは限らない。わずか5センチの隙間だが、誰かが自分のことを気遣ってくれている。自分の悲しみを、しかも共に同じ悲しみを経験した者が、無言のまま気遣ってくれている。このことはどんな言葉の慰めより、助けられた気がする。
眠り続けた一週間ほどの間、頭が淳子さんの思い出で一杯になるとか、泣き続けたということはない。夢も見ず、ただひたすらに眠り続けた。それはずいぶん不思議なことだった。体は生存のために脳の機能をシャットダウンして強制的に休養を取ろうとしている。体は心の悲しみから離れ、なおも生きようとしている。
「そうか……僕は生きようとしているのか」と、それはどこか他人事のような不思議な感覚だった。

「坊主殺すと百年祟《たた》るというなら、俺が試してやる」

葬儀など誰も（生前の淳子さんも）望んでいないことは分かっていたが、「何もしないのは可哀想」という義父の言葉から、葬儀社を手配し、檀家になっている寺の僧侶も呼んだ。いまどきの僧侶である。手慣れたセールスマンのように感情も見せず、葬儀一式の手順を無表情に淡々と説明し、戒名《かいみょう》代は30数万円だという。それを聞いた僕は「地方は戒名代が安いな」と思っていた。
母の葬儀の時だ。見栄っ張りな父は鎌倉の菩提寺《ぼだいじ》、観光寺としても名が知られた寺の住職に「はっきり金額を言っていただいた方がこちらも楽ですから」と余分なことを聞き「では80万円で」と言われ、ほんのわずかな間だが押し黙った。半世紀以上も前の80

万円という金額は、本人が予想していたより少し高かったのだろう。

もちろん戒名には、それ自体に「安い、高い」の位もある。バカバカしく下劣でくだらないと、まともな大人なら誰でも思っている。戒名など無意味であるどころか、返って悪行である。日本史を少し学んだ者なら江戸時代の「差別戒名」の歴史も知っているだろう。が、あえて口には出さない。世の中はそんなものと諦めているからだ。人生に何度もあることでもないし、ことを荒立てたくないという思いに坊主もつけ込む。


先にも触れた石牟礼道子の小説『春の城』は、天草・島原の乱を描いた900頁を越える大著だ。この中で、島原城に籠城し、やがて全滅していく3万のクリスチャンのひとりに、当時の僧侶についてこんなことを言わせている。

「ナンマイダ言う口の下から、大枚下されと手を出す坊さまのことも、あたいはよう知っておりやす」。事実、権力と結びつき民衆を上から見下す当時の仏教への絶望も、貧しい人々をクリスチャンに走らせたと言われている。しかし、そう言う一方で「アメンの衆にも、ろくでもなかはずれ者はおる」と続ける。

江戸時代の昔から坊主や神父などそんなものだとみんな見抜いていたのだ。それでも人々が反乱の旗印にキリストを抱いたのは、当時の坊主より、キリスト教の中に「悶え神」——苦しみ、悲しむ者の元に駆けつけ、何もできないでただ悶えて立ち尽くす誠実さを見たからだろう。慰めなど期待しない。そんなことができると思って欲しくもない。それでも、共に悲しみの前で立ち尽くしてほしい。しかし現実はどうであったか。

葬儀の準備をしていた時だ。坊主が卒塔婆《そとうば》を持参する。その戒名の「淳」の字が間違っていた。偉そうに生前の淳子さんの性格などを聞き、名前の由来から付けた戒名の説明までしたくせに、その字を簡単に間違える。一瞬カッとなって、それでも隣にいた義弟に「字が……違う」とだけつぶやいた。義弟が説明し、坊主はいったんは持ち帰る。驚きはしたが、これで収まったと思った。ところが、名前を直して再び持参した卒塔婆は、間違った部分だけを雑に削り取り、そこにただ「淳」の字が上書きされていた。これでは子供のお習字だ。さすがにキレた。

この頃の僕は、精神科の医師から「あまりに気分が落ち込み過ぎた時に飲むように」と抗うつ剤の頓服《とんぷく》薬を処方されていた。だから、薬によって過剰にテンションが高くなっていたのは確かだろう。

「坊主殺すと百年祟《たた》るっていうなら俺が試してやる。殺してやるから祟ってみせろ！お前にそんな法力があるというなら、見事、祟ってみせろ！」と啖呵《たんか》は浮かんだが、直接、それを坊主に叫んだか、義弟にだけ言ったのか、記憶はあいまいだ。

ただ「オジチャン！　そんなことしたらオバチャン泣くから。おねーちゃん悲しむから。やめて」と、義妹に必死に止められたことはわずかに覚えている。

しかし、この件にはその後がある。何かの折に義弟が寺に行った時だ。新しい卒塔婆ではなく間違えた卒塔婆を削り直して使ったのは、ものを無駄にしないという仏の心だと呆れる言い訳を聞かされ、もう一度、怒りで全身の震えが止まらなくなった。


その後、七日ごとの法要で坊主が訪れ、読経をするたび、僕は坊主の背中に呪詛《じゅそ》のつぶやきを吐き続けたことだけは覚えている。四十九日の意味をこう説明された時だ。

「四十九日は、初七日から七日ごと、生前の罪についての裁きを行い、故人の来世を決める期間」……と。

「生前の罪ってなんだ……。淳子さんがどんな罪を犯したというんだ。言ってみろ」

僕は仏壇に向かう坊主の背中に、そんな言葉を唸り続けていた。

何が「生前の罪」だ。そんな素人向けに書かれた仏教入門書を一冊読めば載っているような薄っぺらな法話より、人としての言葉の方が、どれほど癒されることか。僕はいい。ただせめて、年老いて淳子さんを失った義父母に、人としての言葉もかけられないものだろうか。それを望むことすら現代の僧侶には過度な期待なのか。癒しや慰めなど期待しない。ただせめて、傷ついている者をいっそう傷つけることだけは許してほしい。「檀家離れ」や「墓じまい」が検索キーワードの上位にしばしば挙がるから、最近は誰もが葬式仏教に対しては同じ理不尽さを感じているのかもしれない。

捨てられていた写真

葬儀などするんじゃなかったという後悔には、もうひとつ理由がある。

葬儀には祭壇に飾る故人の写真が必要だ。青山の姉に説明して僕がもうしばらく戻っていない自宅から写真を探してもらった。ジルが家に来た時に子犬を抱き上げる淳子さんのアップの笑顔。バブル時代に気取ったホテルのパーティでふたりで正装し、カメラマンに撮影された写真もあるはずだ。雪の蓼科でワンコたちと散歩に行った時の写真も山のように撮った。どれも鮮明に覚えている。ところが、アップで遺影に使えるような写真だけが抜き取るように消えていた。

思い出した。「仏壇に写真飾られて線香で燻されるなんて、燻製じゃあるまいし冗談じゃないわよネ」。昔、淳子さんはよくそう言って笑った。それが僕にがんを告げる前だったのか、後だったのかは分からない。しかし、蓼科に行く前に、多分写真を処分したのだろう（結果、祭壇にはジルと散歩する淳子さんの、表情も分からぬスナップショットの写真を使うこととなりました）。淳子さんは多分、葬儀など本当にやって欲しくなかっただろうなと、つくづく思った。それでも義父母の気持ちを思えば、きっと許してくれるだろう。だからこそせめて、義父母には、もう少しだけ優しい言葉をかけて欲しかったのだ。

死の受容

この間、僕の体も少しずつ変わる。淳子さんが病院から自宅に戻り、やがて亡くなり、四十九日あたりまで抗うつ剤は手放すことができなかった。飲まないと不安で、気持ちが落ち着かず、いてもたってもいられない焦燥感に追い立てられた。

その後も少しずつ量を減らして飲み続けたが、半年ほど経ったある日、突然「もういらないな」と思えるようになった。具体的に何かがあったわけではない。本当に急にもう飲まなくても大丈夫だと思える日が来た。そんな日が来るとは、この頃は想像することすらできなかったので驚いた。

それにしてもなぜ僕はあんなにも怒ったのか。坊主の未熟さなど、普段なら「ただ世間知らずな世界で生きてきたせい」と、笑う余裕もあったはずだ。しばらくして気づいた。怒りたかったのだ。思いっきり叫んで怒鳴りたかったのだ。淳子さんを突然奪っていった理不尽さへの憎しみを、世界にぶつけたかったのだ。相手など本当は誰でもよかったに違いない。

かけがえのない人を失った時、その後、人はどうなるか。いろいろな本を読んだ。多くは時間が経つと激しい悲しみから立ち直り、懐かしく優しい思い出になっていくとあった。十年以上が経ったいま、確かにそんな気持ちになる時もある。しかし、一日に一度は必ず淳子さんとの小さな何気ない言葉のやりとりを思い出す。フラッシュバックのように淳子さんとのさまざまな場面が脳裏に湧き上がる。心がざわつき、やはりいま、眼の前に見ている世界は、どこか少しだけ作りもののような隔たりを感じる。「心静かに暮らす」気持ちにはあまりなれない。

十年という歳月は、かつて彩りのあった記憶の風景から輝きを褪せさせ、全体を少しずつぼんやりとした薄墨色に変えていく。だから人は耐えられるのだろう。彫り刻まれたような鋭角的な悲しみも丸みを帯び、触れてもあまり痛みを感じなくなっている。心から流れていた血も止まり、その傷口は瘡蓋《かさぶた》になり、やがて、一見すると消えたかのようにも見える。昔のように、酔えば馬鹿話で盛り上がり、オネーサンをからかい、笑顔も取り戻す。悲しみは遠い記憶になっていく気もする。しかし、だからこそ、そんな記憶の減退に逆らうかのように、何気ない細部の色合いはいっそう屹立《きつりつ》して記憶の中に刺さってくる。

8月。ビルが建ち並ぶ日盛りの青山通り。コンクリートに陽炎《かげろう》が立ち上る中で日傘を差して歩く淳子さんが振り返った時の少し汗ばんだ笑顔。蕎麦打ちに凝って、僕が部屋中をそば粉だらけにして呆然と立ち尽くしていると、入り口に立って「あらら」と笑って見せた呆れ顔。前の車のテールランプも見えぬほどに吹雪で荒れ、大渋滞した冬の三国峠《みくにとうげ》で互いに疲れ切って喧嘩になり、ムッと押し黙って前を睨み付けてふてくされた顔。犬を連れて多摩川に行き、心配する僕の横で「大丈夫よ、犬なんだから泳げるわよ」と無茶を言って、子犬のジルに追わせようとボールを思いっきり川に投げ込んだ時のいたずらっ子のような顔。夏の蓼科。別荘の裏で、裸で斧を振り上げ、大汗かいて息を切らせ薪を割っていると、ワンコたちと並んで窓から呑気な顔を出し「頑張ってぇ～」とカメラ片手に無責任な声援を送った顔――。

心のどこかでは「淳子さんのいないこんな世界は亡びてしまえ」と、まだ呪っているのだ。僕は淳子さんの死をまだ受容できていないのか。それともそんな気持ちには永遠になれないのか。未だに自分でも分からない。

緩慢な自殺

葬式仏教の坊主には深く傷つけられたが、思想・哲学としての仏教には唯一救われた（ちなみにウィキペディアによれば、葬式仏教とは「本来の仏教の在り方から大きく隔たった、葬式の際にしか必要とされない現在の形骸化した日本の仏教の姿を揶揄《やゆ》した表現である」と、ある。簡潔にしてなんと要領を得た説明だろう）。

特に、淳子さんを失った頃から日本でも「上座部《じょうざぶ》仏教」が知られるようになり、その実践的な方法論には救われた。こちらの方がどう考えても仏教本来の在り方に近いとも思った。

苦しさに居たたまれなくなると、瞑想のまねごとで座って目を瞑り「僕は苦しんでいる」と心の中でつぶやき、気持ちが少し落ち着くと近くの川の土手をよろよろと走った。体を動かすことで、爆発しそうな頭の中も少しだけ汗をかき、緩んだ気もした。

走っていると何羽もの鳩が川の土手に集まってくる。ガードレールに止まり、こちらを見ている。そんな鳩たちを眺めていると、輪廻《りんね》を思う。仏教の輪廻転生を信じているわけではない。死んだら人はただ素粒子に分解され、塵芥《ちりあくた》となって自然の中に戻っていく。死後の魂の存在も、キリスト教の復活も信じてはいない。

それでも、もし仮に輪廻転生が、死者の生まれ変わりというものがあるのなら、この鳩が淳子さんの可能性もある。葉の上で休むバッタかもしれないし、水辺に浮かぶ鴨かもしれない。淳子さんだけではない。生きている者のすべてが、前世は誰かであったかもしれないと考えると、見える風景のすべてが少しだけ愛おしく感じることができた。

坊主が言うからあまりに嘘くさく響く初七日から四十九日や、百か日までの経過も、自分が経験してみると、多くの悲しみの歴史やその経験の中から生まれた回復プログラムだったと分かる。七日ごとに、自分の中で少しずつ変化が訪れるのだ。これに気づいてからは、「次の七日まで少しだけ頑張ってみよう」という気持ちにもなれた。

僕が原作を書いた漫画の『遺言弁護士』の中でも、この七日ごとの変化をテーマに「手紙」という一話を書いた。もしこんな手紙が死んだ淳子さんから送られてきたら、ずいぶん救われたろうなと、想像して書いた文だ。漫画の話だから設定も状況も違うしスペースの都合でどうしても短いが、自分自身への励ましの言葉へ込めた思いは変わらない。

第1通目

「食事はしていますか。お酒を少しだけ控えて何かを食べて。眠れないなら病院に行った方がいい。四十九日まではもう少し。お父さんもお母さんも来るからあと一週間頑張って」

第2通目

「無理に変わろうとしないで。あなたは、あなたでいいの。いまはきっと苦しくて悲しくて辛くて。でも弱くて情けなくて泣き虫で甘えん坊で。そんなあなたでいいの。信じて。だって私はどんなあなたも愛していたから」

そして四十九日を迎え、

第3通目

「少しだけ落ち着いたでしょ。自分を責めていない？　あの時こうしていたら、こうしなければ。そんな考えはやめて。運命だった。その運命の中であなたに出会えたことを奇跡として喜びたい。どんなに辛くてもいま、この運命を受け止めて」

そして百日が経つ。

第４通目
「今日は百か日。あなたは知っているわよね。中国では百か日のことを『卒哭忌《そっこくき》』と言うわ。哭《な》くのを卒《お》さめる日。まだ辛い気持ちは変わらないでしょう。でも、泣いてるだけじゃ前に進めないのよ。生きて！」

しかし、漫画の中の妻を亡くした男は、この手紙に救われることはなかった。

「義兄は酒に溺れ、姉の三回忌を待たずに死んだ。多分それは緩慢な自殺だった。姉への愛だったのか、ただの弱さだったのか……」

緩慢な自殺。自分では意識しなかったが、それは僕自身の姿でもあった。

淳子さんを失って3年どころか5年くらいまで、生活はメチャクチャになっていく。酒の漫画は続いていたから、飲むことも仕事のうちという言い訳もたった。仕事で飲み、仕事がなくても飲み、明け方まで飲んで意識を失うようにしてようやく眠りにつく日々が続いた。

この間、自分自身以上に周囲の人間たちも深く傷つけてきた。「世界がこんなに残酷なら、そんな残酷な世界に対し僕は何をしてもいいはずだ。誰をどう傷つけても許される」。心のどこかでそう思っていたと思う。

酒と「百か日」

淳子さんが亡くなって、酒の味が分からなくなったと先に書いた。その酒を久しぶりに飲んだ日のことははっきりと覚えている。ちょうど「百か日」。１００日が経った頃だった。

淳子さんと出会うきっかけになったのは立教大学のT先生のゼミだった。その政治学の授業は密度が高く論理展開が緻密で、よくできた知的な漫談のようだった。油断をして聞き逃すと、前後のつながりが分からなくなるほど集中が必要だった。高校の授業しか知らない当時の僕にとっては、感動的ですらあった。僕はお調子者だから淳子さんにこれを熱く語る。ところが淳子さんはT先生について、こんなことを言うのだ。「T先生の授業って、面白いけど……。でもあの先生は、絶対に立教の学生なんてバカだと思ってるわよね」と、クククと笑うのだ。T先生は、当時は40代。学生の面倒見もよく、ゼミの飲み会などで何度か一緒に酒も飲んだ。そんな席では淳子さんはT先生への評価などおくびにも出さず、ニコニコとその場に合わせた会話をしている。「こいつ、外見は柔和なくせに、内面は思いっきり手厳しいなぁ」と、驚いたものだ。

町の書店に行った時だ。政治経済の棚にT先生の著作全集を見つけた。年譜を読むと、先生は大腸がんで、70歳で亡くなっていた。ずいぶん高い本だったが、懐かしさに思わず買った。

書店の帰り道にどじょう屋を見つけた。町を歩けばそこここに鰻《うなぎ》屋の看板を見つける浜松だが、どじょう屋さんは珍しい。昼の営業を終えようとする時間だったので店に客はいない。店に入り「柳川」を頼んで、ちょっとだけ迷って「鰻の白焼きと日本酒をぬる燗で一本」と追加した。本を開いて少し読んでいると「柳川鍋」とぬる燗酒が先に出る。「どうなるだろう」と、自分を試すようなつもりで徳利を傾け杯《さかずき》に酒を注いだ。

淳子さんと渋谷に買い物に行き、帰りに何度か道玄坂《どうげんざか》の「駒形どぜう」に寄ったことがある、（2024年に閉店してしまいました）。ここは、基本はどじょうと酒がメインの店だ。酒を飲まなくなっていた淳子さんが付き合う店としてはやや珍しい。淳子さんは白いご飯に玉子でとじた柳川を乗せて食べる。酒ならいいけど、白いご飯では生臭くなりそうだ。「美味しい？」と自分がこの店に付き合わせているのに、つい聞いてしまう。淳子さんは質問の意図が分からず「えっ、なんで？　美味しいけど」と戸惑ったような笑顔を浮かべた。

そんなことを思い出しているうち運ばれてきた柳川鍋に箸を付けながら「泣いてしまうだろうか」と、一瞬思った。他に客はいない。そうなったらなったで、誤魔化しようはあるだろう。が、昔のことは思い出しても感情が崩壊することはなかった。

杯の酒に百日ぶりにおそるおそる口を付ける。いままでは苦みばかり感じたが唇に触れる温もりが舌に乗り喉を過ぎると、感じたのは濃厚な甘みだった。「美味しいな」としみじみと思った。この日以降、酒の味も分かり量も以前にも増して増えていくことになる。「卒哭忌」になって、完全に涙が消えることはなかったが、自分が少しずつ変わっていくという実感が初めて持てた酒だった。しかしそれは酒浸りの生活の始まりでもあったわけだが……。

がんになる

そんな酒浸りの生活をやめたのは、別段の考えがあったわけではない。自分自身が大腸がんになって、ただ大酒が飲めなくなったのだ。ちょうど淳子さんを失って5年が経った冬だった。始まりは便通の異常。大酒飲みは、たいがいお腹がユルい。しかしそれだけではなく、珍しく便秘気味にもなった。やがて便が黒くなってくる。出血だ。これはさすがに尋常ではないと、人間ドックを予約した。ただし予約が取れたのは1か月以上も先である。この間も、症状は一向に改善しない。友人に話すと「人間ドックなど待たずに、すぐに内視鏡の検査を受けた方がいい」と知り合いのツテで病院を紹介してくれ、付き添ってもくれた。62歳で、ステージⅡの大腸がんと診断された。

入院前夜。とりあえず遺言を書きなぐり、封をして義弟に渡しておく。別段、生死の危険を感じるとか大げさな話ではないが、気がかりは少ない方がいい。

丘の上に建つ大学病院の最上階の病室からは、近くにある自衛隊の航空基地から離発着する戦闘機の訓練風景が眼前に見えて飽きない。風呂や小さなキッチンも付いているので快適だ。手術当日、手術用のふんどし姿を鏡に映しスマホで写真を撮った。原作者の習性で「この絵柄、いつか使えるかもしれない」と思っていただけで、これも大げさな覚悟とかではない。

麻酔が効いて意識が消える直前まで、そして術後に麻酔が覚めてからも、この経験をどう原作にしようかと動けぬ体でずっとストーリーを考え続けていた。冷静であったわけでも仕事熱心であったわけでもない。多分、自分が置かれた状況が、どこか他人事のような感覚だったのだろう。この時の話は落語の「死神」とからめて『バーテンダーTOKYO』という漫画で詳しく書いた。気に入っている話だ。

大腸を10センチあまりもちょん切って、これをステープラーのような機械で縫い合わせるのだから、麻酔が切れると確かに痛い。だが死の恐怖とか再発への不安のようなものはあまりなかった気がする。痛いのはなんとかしてほしいが、死ぬなら死ぬで仕方あるまいと思ってもいた。

「糸」

二度と来ることはできないかもしれない。そう思っていた蓼科の別荘に行ったのは、淳子さんが亡くなって3年ほどしてからのことだった。夏。途中まで開通した中部縦貫自動車道を走る。車は買い換えた。運転をしていて横を向いた時に、淳子さんがいない助手席を見るのが辛かったのだ。かつてずっとその空間を占めていた場所が同じ風景のままぽっかりと虚《うつ》ろになっていることに耐えられなかったのだ。

人が死ぬということは、その人がいた場所が真空になることだ。その真空はどうなるか。作家・古井由吉《ふるいよしきち》はエッセイの中で、男女のつながりとその片方を失うことを細菌の「糸」に喩えてこう書いている。

「人間の匂いは、無数の体内細菌のバランスの系によって生まれるものでしょう。ある時、その系が変わる可能性もあるでしょう。交わるということは、相手の細菌を入れるということです。新しい系と接触することによって、一時にせよ、何かが変わっているはずです。同棲した男女が別れる時、お互いつらくてしようがなかったから、別れてほっとしたはずなのに、心の問題は別として、しばらく、またつらいというんです。別れた相手が恋しいのではなくてつらい、一人で寂しいんじゃなくてつらい。これは、同棲していた男女二人が、細菌を混ぜ合わせて系を作っていたからですよ。（中略）
夫婦でも、夫に先立たれた妻は長生きしますが、妻に先立たれた夫はすぐに後を追うことが多いというでしょう。普通は精神的に頼っていたと受け取って、だれも異を唱えません。でも、もっと別の事情があるんじゃないですか。一緒に暮らしていた人がいなくなれば、何かが抜けて弱くなるものです」（『人生の色気』新潮社刊）

男と女、淳子さんと僕との、そんな「系」の存在をあらためて感じる小さな出来事があった。蓼科の別荘は、僕が行けなかった間も、姉が友達を連れずっと使っていた。夏は避暑、秋には紅葉。ここをベースにしばしば日本海側にまで足を伸ばして観光をしていた。

淳子さんを失って初めて別荘に行った時だ。姉の友達のものだろう、書庫とワインセラーなどの置き場に使っていた部屋に、ペット用ケージやトイレ砂など猫用グッズがまとめて置かれていた。その中に餌入れに使っているのか、見覚えのある常滑焼《とこなめやき》の小鉢があった。別荘で使う食器だから作家物でも特に高い物でもない。ただそれは、淳子さんが自分で選び気に入って揃いで買ったものだった。そんなことを知らずに猫の餌用に使った姉たちに腹が立ったわけでも、格段新しい悲しさがこみ上げたわけでもない。むしろ、団塊世代特有の、こういう少々無神経なタフさには返って救われてきた。

それでも、かつて淳子さんがいた、その空間と気配を少しずついろいろなものが埋めていくという事実を、あらためて思い知らされた。常滑焼の小鉢は淳子さんが生きているからこそ意味と価値がある。淳子さんは亡くなり、小鉢は意味を失い、猫の餌入れになる。何が起ころうと世界はその動きを止めずに続いていく。

守れた約束と守れなかった約束

淳子さんを失って14年が過ぎた。いまも僕は生きている。だから2つの約束だけは守れたことになる。「無理心中なんて嫌」「後追い自殺もダメ」――。

他の約束はどうだろう。

「青山の家に戻るのは辛いだろうから、渋谷のマンションを見に行って、引っ越した方がいい」。これはまったくできなかった。そもそもいまなお、生活の基盤は浜松の、淳子さんと最後を過ごした部屋にあって離れられない。淳子さんが使ったベッドだけはいまは義母の介護ベッドとなっている。

青山の家はそのままだが、個人の住民票は浜松に移した。コロナの前までは、打ち合わせは浜松まで編集者が来たり、月に一度くらいは僕が東京に行ったりした。裏に住む姉が淳子さんの衣類などは処分してくれたが、特に片付けはしていない。東日本大震災のために崩れた書庫の本も、崩れたままになっている。

積極的な考えがあって浜松を生活の基盤にしているわけではない。生活の基盤を青山に戻す。あるいは浜松に移す。そもそも生活の基盤という考え自体がなくなっている。淳子さんを失って10年以上が経っても、どこか生活をしているという実感そのものがないのだ。だいぶ経って住民票を浜松に移したのも、運転免許の更新が面倒という理由だけだ。場所をどこに移してもこの気持ちは変わらなそうなので、浜松の義妹夫婦達に甘えっぱなしのまま、浜松にいるだけだ。

無論、この家にいることは楽しい。義妹夫婦や甥っ子、姪っ子の家族全員で一緒に晩飯をたべるのは週に一度ほどだろうか。普段の料理は一人で作る。料理は嫌いではないから、不便はない。皆で外食に出ることもある。そんな帰りにデパートに寄って姪のHちゃんに高い化粧品などたかられたりすると、ちょっと嬉しかったりする。

東日本大震災が起こったのは、淳子さんが亡くなった翌年のことだった。もし、淳子さんの死を経験していなければ、こういう巨大な震災死への思いも少し違っていただろう。人はついニュースで伝えられる悲劇をそのタイトルでまとめて理解する。同じ時刻、同じ場所で起こった悲劇としてひとくくりにする。死者1万5900人。行方不明者2520人。震災関連死3792（2024年3月日現在）。

死者のひとりひとりに人生があったように、残された者の受け止め方も、その辛さも、後悔のあり方も、その後の人生もひとりひとり違う。確かに同じ悲劇を味わった者でなければ分からない痛みはある。そのことで互いに救われることもあるだろう。他方で、圧倒的な悲劇の前ではつい「悲劇比べ」をしてしまう自分に気づく。例えば僕にしても「あんな悲劇に比べたら、自宅でがんで死んだ淳子さんはまだよい」「10歳で突然亡くなった小学生に比べれば、50過ぎまで生きることができた淳子さんはまだ幸せ」……と。しかし、こういう悲劇比べは無意味である以上に死者に対する冒瀆《ぼうとく》かもしれないとも思った。死はそれがどんな死でも、同じ時、同じ場所で起こった死でも、他の誰かの死とは比べられない、その人だけの特別なものだからだ。

犬たちはそれぞれ寿命を迎え、一頭、また一頭と去っていった。悲しく辛かったが、新しい犬を飼う気力はもうさすがにない。

「姪のHちゃんを養女に」という話も、Hちゃんの20歳の誕生日である11月になると、なんとなく立ち消えになった。とても美人には育ったが、いま現在、すでに30歳を過ぎていてとんと結婚話も聞かぬから、淳子さんがいう「結婚式には呼んでくれるから」という話も当分はなさそうで、こちらは多少気がかりではある。

淳子さんが生きている間の「約束」は、やはり淳子さんがいてこそ成立する。淳子さんが消えると、空白の釣り合いを取るためにいろいろなことが変わってくる。系が変わるわけだ。そうやって世界は新しい系で続いていく。それはある意味でやむを得ないことだろう。しかしだからこそ、かつてその人がいたこと。かつてその人が生きていたことを忘れないことが、一番の追悼なのかもしれないとも思った。

「永遠の時」を織る

淳子さんが熱中した織物、それを織る織機のことを考えた。さながら「門前の小僧」で、さまざまな織物の展示会に行く淳子さんに付き合ったり、淳子さん自身から何度も説明されたりして、興味はなくても知識は残った。

横糸と縦糸を重ねることで布は織り上がる。この時、縦に張った糸のところどころを染め分け、これに同じく染め分けた横の糸が重なると、重なった部分に模様が浮き上がる。これが「絣《かすり》」模様だ。縦糸は誰にも均等に流れる時間の糸だ。これは永遠の先まで悠久の果てまで張られているが、細い隙間が空いているのではっきりとその存在は見えない。見えるのは横糸と交わり、布として織り上がった現在と過去だけだ。

横糸は何か。中島みゆきは「縦の糸はあなた、横の糸は私」と歌ったが、少し違う。横糸は、僕と淳子さんが重なり合い捻《ねじ》れ合い、撚《よ》り上げられてできた1本の糸だ。古井由吉が言うように「交わるということは、相手の細菌を入れるということです。新しい糸と接触することによって、一時にせよ、何かが変わっているはずです」というように、互いが出会って生まれた新しい1本の糸だ。もちろんこの糸もふたりの出会い、その喜怒哀楽さまざまな感情で互いに影響を受け、ところどころが染め分けられている。

時間という縦糸もまだらに、ところどころに色が付いている。この色の中には「幸運という色」に染め分けられた部分もあれば、「不運という色」に染め分けられた部分もある。どこにどんな色があるかは分からない。しかも縦糸は横糸と交差するまではその本当の柄は見えない。仮に横糸と出会っても、横糸の方に何の柄もなければ、模様はただ縦の色だけで通り過ぎて、模様としては浮き上がってこない。

宝くじに当たるのは確かに「幸運」だ。しかしこの幸運が横糸と織りなす模様によって「幸福」になるかどうかは分からない。同じようにがんに罹《かか》るのは確かに「不運」だ。しかしこの不運を「不幸」にするかどうかは、実は横糸と縦糸が交わってできる模様次第なのだ。

では「時」はどうやって「生まれる」のか。布は正面から見れば平らに見える。「幸・不幸」はこの表面にできる模様だ。時はこの模様の膨らみだ。宇宙のブラックホールを説明する時、しばしば使われるワイヤーモデルを思い浮かべてほしい。膨らみは手前に膨らめば「粗」になったり、逆に奥に膨らんで「密」になったりする。普通に流れる3日という時間は、布を平面として見た時には、誰にでも流れる縦糸の3日分。ところが、仮にそれが横糸と重なって「不運・不幸」という柄に織られていても、布の奥に奥に、例えば10年、20年、30年とへこみ「時」の奥行きを生むこともできる。この「時」は縦糸の時間だけを見ている人にはまったく分からない。この「時」は他の誰の時間とも比較できない「時」だ。

しかし、もしかしたら、それだけが人にとって意味のある本当の「時」なのかもしれないと思った。もしそうなら、人はわずか3日の時間の中で30年を生きることもできる。

旧約聖書の中にこんな文がある。

何事にも時があり
天の下の出来事にはすべて定められた時がある。
生まれる時、死ぬ時
植える時、植えたものを抜く時
殺す時、癒す時
破壊する時、建てる時
泣く時、笑う時
嘆く時、踊る時
石を放つ時、石を集める時

抱擁の時、抱擁を遠ざける時
求める時、失う時
保つ時、放つ時
裂く時、縫う時
黙する時、語る時
愛する時、憎む時
戦いの時、平和の時。
人が労苦してみたところで何になろう。
わたしは、神が人の子らにお与えになった務めを見極めた。
神はすべてを時宜にかなうように造り、また、永遠を思う心を人に与えられる。それでもなお、神のなさる業を始めから終りまで見極めることは許されていない。
（『コヘレトの言葉』）

この文章を見た時、僕なら最後にこんな「時」を加えたいと思った。
「淳子さんと生きた時　永遠の時」――。

エピローグ

妻への十悔

「卑怯者《ひきょう》ってのはね、きみが何をしたか、ってことで決まるんじゃなくて、きみが何を後悔してるかってことで決まるんだよ」（寺山修司「両手一杯の言葉」新潮文庫）

漫画『バーテンダー』の中で、長田弘さんの詩と並んでしばしば引用したのが寺山修司の言葉だった。僕は何を後悔しているだろう。あの日、何が出来ただろう。何をしたら、何をしなかったら僕は卑怯者にならずにすんだだろう。

ひとつ目の後悔。用賀で犬を飼い始めた頃だ。ワンコの散歩以外に仕事もないし、時間はたっぷりあった。駅前に新しいアスレチックジムが出来ることになり、暇つぶしに一緒に見学に行った。「さて入会してみるか」となって、横で淳子さんも申込書を書こうとしているので驚いた。「えっ、淳子さんも入るの」と思わず言ってしまった。すると、少し慌て「そうだよね。いや。ううん。やっぱりいいや」と言う。その後は、何度も「一緒に入ろう」と誘ったが断わられた。（しまった。余分なことを言った）と、後悔した。運動神経は悪くはなかった。スキーは僕よりうまかった。ただ、僕の中では、必死にバーベルを挙げてバタバタと大汗をかく淳子さんの姿がイメージ出来なかったのだ。

それは、二人で行った信州でGジャンを着て喜ぶ淳子さんを見て、内心では「似合わないな」と思ったのと同じだ。僕の中の淳子さんは、いつも冷静で感情を表さず、おっとりと微笑む思慮深い皮肉屋さんだ。しかしそれは「僕が思う淳子さんという枠」の中に押し込めていただけではなかったか。

押し込めると言えば、ふたつ目の後悔はもっと具体的な後悔だ。淳子さんからトルコに旅行に行きたいとさんざ言われていた。スペイン巡礼街道や上海への留学。内蒙古で偶然出会った中国旅行など、結婚してからも淳子さんだけ海外旅行に行ったことは何度かある。だがトルコ旅行は、なんとなく僕はいい顔をしなかった。行きたい場所がキリムの産地で、どこもかなり僻地《へきち》だ。治安もよくないので心配だったのだ。あんなに行きたがっていたのだから、行かせてあげればよかった。

3つ目の後悔は、やはり、それがポーズであれ、もう少し僕がしっかりしていれば淳子さんも、その不安や苦しみを吐露することが出来たのではないだろうか、というもの。ただオロオロと取り乱して何も出来なかった自分が恥ずかしい。淳子さんからがんを告げられ、日々、その症状が悪化するのに伴って、僕の精神状態も少しずつおかしくなっていった……と、思っていた。だけどもしかしたら、最初にがんを告げられたあの日、その瞬間に、僕の心のバランスは突然に壊れたのかもしれない。

あの日。淳子さんを部屋に残しランニングに外に出た。頭の中でずっと「一切皆苦」という本のタイトルが浮かんでその言葉を繰り返した。ところが、この本が見つからないのだ。濃紺と白の表紙の新書だから、多分、文春新書に間違いない。買ったのは数日前、表参道交差点の細長いビルの山陽堂書店さん。そんな細部までちゃんと記憶があった。失くしたのかと思い、買い直そうとAmazonや古書店のサイトで検索した。しかし、そんなタイトルの本はヒットしないのだ。読んだと思った本は、本当に存在したのか。僕は本当にそんな本を買ったのか。読んだのか。もしかしたら読んだと思い込んで「一切皆苦」——世界は苦に満ちているという言葉で自分を納得させようとするほど、突然に精神状態がおかしくなったのかもしれない。

結果、これは4つ目の後悔になるが、「余命3か月のがんに侵された淳子さん」という姿を認めることができず、ただ眼を背け、恐怖に震え、逃げ回っていた。淳子さんを失う悲しみに耐えきれず、現実の世界から逃げ出すように原稿も書き続けていた。何も支えてあげられなかった。寺山修司が言うように、本当に卑怯者だった。

5つ目の後悔は淳子さんの諦念をそのまま受け入れてしまったことだ。「あの子は諦めがよすぎるわよねぇ」と義母が嘆いた。「諦める——明らかに見る」ともいう。しかし、もし僕が、それがどんな怪しげな民間療法であれ「頼むから試してくれ」と言えば、嫌とは言わなかったろう。そうすることはよかったのか悪かったのか、迷いが残る。

昔、小学生の子供ふたりを残し、難病のためにお母さんを亡くした家族を取材したことがある。この時、お父さんは毎日、「お百度」を踏んで奇跡を祈った。お百度石という目印と境内の間を往復する。一往復するたびにお百度紐で数え、これを百回。関西なら東大阪の「石切劔箭神社《いしきりつるぎや》」などがよく知られている。「ただひたすらに治ってほしい」と、理性など超えた祈りに突き動かされていたに違いない。僕の中にそんな必死な思いはあったろうか。

さらに治療法について後悔があるとするなら……余命3か月という宣告では、治療法に「迷う心の余裕すらなかった」ことだ。これが6つ目の後悔だろうか。

女優の川島なお美さんとは、我が家でワイン関係のテレビ番組の撮影をしたり、仕事以外でも何度か一緒にワインを飲んだ。2015年に胆管《たんかん》がんで亡くなった後、民間療法的な治療に頼ったことを多くの医師は残念がった。標準治療で治療したら効果が期待できたかもしれないと皆が口を揃えた。その通りだったのかも知れない。しかし、これはある種の「善魔」だ。しかも死後にこれを言うのは、さながら後出しジャンケンのようで少しずるい。標準治療は確かに「科学的」「統計的」には正しいのかもしれない。

しかしその正しさには、どこか放漫で患者の無知を笑うような驕《おご》った冷淡さはなかったか。漫画の中で「人はバーテンダーという職業に就くのではない。バーテンダーという生き方を選ぶ」と書いたことがある。人の仕事はそうあるべきだと思っている。

医師は、医師という生き方を選んだのだろうか。ただ職業として選んだのだろうか。患者に見えるのは、医師という職業ではなく、その職業に就く人間の姿だ。その言葉、その表情、その視線のひとつひとつだ。医師という肩書きや知識だけを信じろというのはなかなか難しい。僕のがんを執刀したK先生と飲みながらこんな話をした。

「自分がもし何かの手術になったら、腕のいい先生を選ぶ？　性格の合う先生を選ぶ？」。K先生はもちろん腕のいい医師を選ぶと言う。

僕なら性格の合う医師を選ぶ。同業者である医師同士なら腕の善し悪しは分かるだろう。手術の実力も知り得る。しかし、一患者にそんな情報はわからない。卒業大学で分かるのは受験勉強の能力であって、技術や人格ではない。だったら「まぁ、この先生なら命をあずけても仕方ないか」と思えるぐらいには気の合う相手を選びたい。淳子さんの場合は、そんな選択の余地すらなかったが……。

7つ目の後悔は、最後の最後まで淳子さんを安心させてやれなかったことだ。

亡くなる3日前に「SMごっこだぁ〜」と必死にふざける夫を持つなんて、情けなさに涙も出なかったに違いない。最後にかけてあげるべき言葉は他に何かなかったのか。ありきたりなドラマのように、その手を握って「ありがとう」「一緒にいられて幸せだった」と言ってあげた方がよかったのではないか。安心したのではないか。淳子さんの「もう……いい」はどんな思いだったのか。そう言わせてしまった自分が惨めでならない。

8つ目の後悔は、20代で僕と出会い、一緒に生きて逝った30年間。もっと楽しい経験をさせてあげればよかった。美味しい物も食べさせてあげればよかった。一緒に旅行も行ってあげればよかった。その時々の経済状態で、それでも精一杯に楽しませてあげることはできたはずだ。

9つ目の後悔は、この原稿についてだ。他の人は知らないが、僕は常に書きながら考える。それが漫画の原作でも、活字の長い文章でも、とりあえず一行目を書いてから考える。書きながら自分は何を考え、何に悩み、何を伝えたいのか見つけていく。本書を書くことで、淳子さんとはどんな人間だったのか。読者に伝えるふりをして、実は自分自身が考え続けた。でも、淳子さんの心の本当の奥底にあった孤独感はやはり僕には分からなかった。何が辛く、何が寂しく、何が悲しかったのか。どこを支え、どこを労り、どこをどう包み込んで欲しかったのか。書き終えた後でも、やっぱり分かってあげられなかった気がする。

最後の後悔。淳子さんへの「十悔」——。

十個目の後悔は、そもそも本書を出版して世間の目に触れさせることだ。本書をひとことで言えば、「我が妻は……淳子さんは美しく聡明で強かった」というただの自慢話だ。「そんな恥ずかしいことは、他人様に読ませる話じゃないでしょ」と、きっと淳子さんは怒っていると思う。その通りだ。しかし淳子さんがもし元気なら、そもそも書く必要はなかった。そんな原稿を書かねばならなかった運命を少し憎みたい。そんな立場になってしまったこと自体がすべての後悔だ。ただ、この後悔は僕が引き受けて生きていくしかないとも思っている。

本書は書き始めてから脱稿するまでに2年以上もかかった。普通なら半年もかからず書き上げる分量だ。どんな小さなコラムの原稿でも、書き手は誰かに読ませるために書く。誰かに読んでほしい、淳子さんという存在を知ってほしい。そう思う一方で、誰にも読んでほしくない。分かってもほしくない。僕だけ知っていればいい。そんな迷いの気持ちで書いたので、遅々として筆は進まなかった。

いつ上がるとも分からぬ原稿を、根気よくさまざまな褒め言葉で励ましながら、待っていただいたブックマン社の小宮亜里編集長に感謝します。あらゆる書籍は編集者との二人三脚によって生まれると、久しぶりに実感できました。そして本書のカバーに快く写真を提供してくださった荒木経惟氏、装丁の秋吉あきら氏に感謝を。ありがとうございます。

最後に淳子さんのことを書くことを許してくれた浜松の義妹・義弟。甥のJ。姪のHちゃん。そしておばあちゃん。亡きおじいちゃん。青山の姉にも感謝を。

2024年　春　　城アラキ

The Malt Whisky Distilleries of Scotland

BOUKHA
L'OASIS

著者プロフィール
城アラキ（JOH ARAKI）

漫画原作者。立教大学在学中からライター活動を始め、コピーライターを経て漫画原作者に転身。テレビドラマ化・アニメ化された「バーテンダー」をはじめ酒と酒にまつわる人間関係を、コミックの巻数にして優に100を超えて描き続けている。

漫画原作を手掛けた主な作品に『ソムリエ』『新ソムリエ 瞬のワイン』『バーテンダー』『ソムリエール』『バーテンダー a Paris』『バーテンダー a Tokyo』『ギャルソン』『シャンパーニュ』『カクテル』『バーテンダー 6stp』など。単著として『バーテンダーの流儀』『負けない筋トレ』など。2024年4月よりテレビ東京系列にてアニメ『バーテンダー 神のグラス』を放映。

妻への十悔《じっかい》
あなたという時間を失った僕の、最後のラブレター

2024年5月10日　初版第一刷発行

カバー写真　荒木経惟

カバーデザイン　秋吉あきら

本文デザイン・DTP　谷敦

アドバイザー　原久仁子
編集　小宮亜里　黒澤麻子　内田佑季
営業　石川達也
巻末写真提供　朝日新聞社
発行者　小川洋一郎
発行所　株式会社ブックマン社　http://bookman.co.jp
〒101-0065　千代田区西神田3-3-5
TEL 03-3237-7777　FAX 03-5226-9599
http://bookman.co.jp

ISBN　978-4-89308-970-0
印刷・製本　図書印刷株式会社